CÉCILE KHALIFA

Le Sacrifice de l'oracle

Loi n°49-956 du 16 juillet 1949 sur les publications destinées à la jeunesse, modifiée par la loi n°2011-525 du 17 mai 2011.

© Cécile Khalifa, 2024
Édition : BoD • Books on Demand GmbH, In de Tarpen 42,
22848 Norderstedt (Allemagne)
Impression : Libri Plureos GmbH, Friedensallee 273,
22763 Hamburg (Allemagne)
ISBN : 978-2-3224-7779-1
Dépôt légal : Septembre 2024

Le Sacrifice de l'oracle

Illustrations de couverture : @jahyra-art
Corrections @ Chloé Fisler, Violaine Delabbre
Financé par Ulule -le 29-02-2024
@Tout droits réservés. Le 30-04-2024.

Un jour, mon amie Louisa m'a parlé d'un défi qui consistait à écrire un livre en une semaine. Ce défi avait été lancé par l'autrice Karine Carville, qui a raconté son aventure dans une vidéo YouTube.

Le livre que vous allez commencer est le résultat de ce défi, auquel répondait bien ma propre méthode d'écriture, qui diffère de tout ce qui est habituellement conseillé en la matière. En effet, je suis ma logique personnelle – qui est assez spontanée, plutôt que calculée dans les moindres détails – et non des recommandations particulières.

Quel est donc le résultat d'un roman écrit en une semaine ? Un tel récit peut-il posséder une qualité certaine ? Eh bien, vous en jugerez vous-même ! Une chose est sûre : j'ai pris énormément de plaisir à vous raconter cette histoire. Vous me pardonnerez d'avoir usé de quelques libertés concernant la mort de certains personnages de l'Histoire de France.

Remerciements

Lucie Hubault, Maxime Bauzamy, Marc Servile, Louisa Boubziz, Maxime Servile, Nicolas Delhelle, Sophie Eulacia-Boucaud, Marion Berthe, Marie Watel, Marina Hottin, Éléonore d'Hervé, Cyrielle Lecerf, Aurélie Béhague , Mathilde Gaborit, Alwen Auger, Anne Smutek, Thomas Lenoël, Delphine Persello, Caroligne Deregnaucourt, Charlotte Delvaux Élise Darbas, Jérôme Jocal, Virginie Mahé, Nina Ros, Sébastien Genty, Julie Scory, Laura Heuslich, Pia Poduje.

Prologue

1739, à Saint-Cyr, institution qui éduquait les jeunes filles pauvres de la noblesse.

Thaïs de Chancy, originaire de Lozère, vivait depuis quelque temps dans cet établissement de Rueil. Autrefois appelée Maison royale de Saint-Louis, l'école avait périclité après la mort de madame de Maintenon. Après le scandale de la représentation d'*Esther*, pièce de Racine, la quiétude avait fait place au vacarme des rumeurs. Les jeunes filles étaient, depuis lors, qualifiées de « bégueules ».

Thaïs était la fille du comte Étienne de Chancy, un noble désargenté de Lozère. Autrefois, au XVIe siècle, la famille Chancy avait compté des pairs du royaume, et un joli domaine du comté de Mende. Toutefois, la frivolité des descendants avait mis fin à la réputation de la famille. Les Chancy du XVIIIe siècle ne possédaient plus qu'un domaine de quelques hectares autour de Sainte-Enimie.

Peu avant l'entrée de Thaïs à Saint-Cyr, le comte Étienne, alors âgé de quarante-cinq ans, passait pour un personnage excentrique. Il vivait reclus en compagnie de sa maîtresse, la fille du médecin de campagne, Émilie Damier. Cette dernière, plus jeune que lui de vingt ans, n'avait qu'une dizaine d'années de plus que Thaïs, née d'une union précédente.

Émilie avait sacrifié sa famille et son honneur pour vivre auprès d'Étienne qu'elle adorait. Par la même occasion, elle avait brisé le cœur d'un cousin et celui de ses parents. Émilie et Étienne avaient eu trois enfants, dont l'un était mort en bas âge en cette année 1735. Le plus étrange était que Thaïs avait rêvé à l'avance de cette mort. Elle avait hésité à en aviser Émilie. Elle avait à peine quatorze ans lorsque ses rêves prémonitoires avaient commencé.

Le premier qu'elle fit lui annonça donc la mort de son petit frère. Cela l'effraya. Cependant, elle se décida tout de même à en avertir sa belle-mère. Émilie se trouvait tôt le matin dans la salle à manger de la demeure ouverte aux quatre vents, à cause de la toiture presque totalement tombée en lambeaux. La jeune femme à la lourde chevelure noire attachée méthodiquement en chignon souriait à ses deux bambins, un garçon de quatre ans nommé Léopold et une petite fille de cinq ans, Anne. Quant au plus jeune, Jacques, il dormait tranquillement dans son berceau. Les trois enfants portaient le nom de famille d'Émilie. Son père, le docteur Damier, avait fini par y consentir. Dans un premier temps, il n'avait pu souffrir que les enfants ne portent pas le nom du comte Étienne, car il avait trop vu de pauvres jeunes filles de la campagne accoucher seules dans un champ et perdre la vie. Les enfants, quand ils survivaient, étaient confiés au couvent le plus proche. Mais de fait, Léopold, Anne et Jacques s'appelaient Damier.

En ce matin du mois de décembre, en plein hiver, Thaïs s'assit à son tour dans la cuisine. Cette pièce du vieux manoir était la plus chaleureuse des lieux. Un âtre diffusait une chaleur douce que tous appréciaient. La grande table en bois, pouvant accueillir une douzaine de personnes, était utilisée seulement par quatre occupants. Des légumes jonchaient la table, attendant d'être épluchés ou mis dans des paniers afin d'être conservés pour les jours d'hiver. Émilie nourrissait ses enfants de pain et de confiture. Le verger de la famille, bien entretenu, avait permis de récolter des fruits de saison, tels que des pommes, des mûres et autres fruits rouges délicieux qu'Émilie se faisait un plaisir de préparer en confitures pour l'hiver. Elle en faisait profiter sa famille, qui lui en était reconnaissante. La famille Chancy était autonome. Par temps froid, malgré la toiture détériorée, elle accueillait quelques vagabonds ou des jeunes filles affamées, afin qu'ils puissent se réchauffer près du feu de la cuisine.

Ce matin-là, cependant, Thaïs ne parvenait pas à trouver l'atmosphère de la cuisine plaisante. Son rêve l'avait perturbée et elle se décida à en parler à Émilie. En buvant quelques gorgées de son café, Thaïs commença à expliquer :

— Émilie, tu sais, j'ai rêvé de Jacques cette nuit. Un corbeau l'emportait dans ses griffes noires pendant une nuit sans lune. J'ai essayé de crier, mais j'en ai été empêchée par des ronces qui m'ont écorchée et étranglée. Je n'ai pas pu le sauver.

À ces mots, Émilie blêmit et se précipita vers le berceau. Son petit Jacques y était bien, mais ce n'était pas pour la rassurer. Femme de la campagne, elle croyait aux rêves et autres superstitions. Émilie se força à sourire et déclara à Thaïs :

— Allons, ma chérie, ne sois pas trop angoissée. Tu vois bien que Jacques est toujours dans son berceau.
— Je le sais, mais je préférais t'avertir de mon cauchemar, répondit la jeune fille.

Émilie se rendit par la suite au village avec ses enfants pour voir son père. Thaïs resta seule pour préparer le dîner d'Étienne, qui rentrait des pâtures. Il ramenait les brebis dans leurs granges pour qu'elles y passent l'hiver.

Lorsque le comte arriva, il s'étonna de ne pas trouver sa femme et ses enfants. Thaïs lui raconta le rêve qu'elle avait fait et lui expliqua qu'Émilie s'en était allée trouver son père à la ville. Étienne laissa sa fille aînée seule, sella son cheval et partit retrouver sa compagne et ses enfants.

Le petit Jacques décéda subitement la nuit qui suivit. Ses parents le pleurèrent. Il fut enterré dans le caveau des Damier à Sainte-Enimie et Émilie pria la Vierge de lui pardonner son mode de vie. Malheureusement, la jeune femme tomba très gravement malade.

Décembre amenait son lot de malheurs pour la famille Chancy. Ce fut Thaïs qui remplaça sa belle-mère pour prendre soin des enfants. Elle s'en occupait parfaitement, les nourrissant, leur apprenant à se laver, les couchant à heure fixe. Le docteur Damier veillait sa fille et se plaisait à discuter avec Thaïs autour d'un bon dîner. Quant au comte Étienne, il continuait à ramener ses brebis le soir, qui s'éloignaient constamment de la maison. Ses remords le taraudaient. Il regrettait de ne pas avoir épousé Émilie et de ne pas avoir reconnu leurs enfants. Aussi, un jour, il se rendit près du lit de sa compagne et lui dit :

— Émilie, je vous en prie, guérissez. Je vais réparer une injustice et faire de vous mon épouse.
— Vous le feriez réellement, monsieur le comte ? S'enquit le père d'Émilie.
— Oui, il est plus que temps.

Le comte Étienne ne l'aurait jamais avoué, mais il était superstitieux. Il craignait que son comportement n'ait jeté l'opprobre sur sa famille et que le mal ne se répande. Il souhaitait donc protéger les siens et empêcher que d'autres morts ne surviennent. Émilie lutta vaillamment pour sa santé. Une très forte fièvre et de violentes douleurs l'épuisèrent tout l'hiver, mais le docteur Damier veillait constamment sa fille. Il lui administrait des traitements drastiques à base de sirop pour soulager la fièvre et la toux. Il faisait venir ces médicaments de Flandres et il payait le prix fort pour que son Émilie reste en vie. Cette dernière fut remise quelque temps après et le comte Étienne tint sa promesse. Il épousa ainsi Émilie un jour de printemps, l'année suivante, et décida par la suite du sort qu'il voulait pour Thaïs. La nouvelle comtesse raconta plusieurs fois à son époux la manière dont Thaïs l'avait avertie de la mort du petit Jacques avant qu'elle n'advienne. Certes, ce n'avait été qu'un rêve, mais ce phénomène se reproduisit plusieurs fois.

En effet, peu après, Thaïs prévint son père qu'un jeune berger allait se faire dévorer. Comment le savait-elle ? Elle avait rêvé de la disparition du berger, emporté par un loup géant tombant avec lui au fond d'un ravin. Thaïs put indiquer aux pauvres parents du jeune homme l'endroit exact où on le retrouverait. Ils pleurèrent la perte de leur enfant, mais purent l'enterrer. Ils en remercièrent Thaïs. Malgré tout, des rumeurs montèrent de Sainte-Enimie jusqu'au manoir du comte de Chancy. Ce dernier prit la mesure de la situation lorsque les villageois et les habitants lui battirent froid alors qu'il allait porter sa production de lait à vendre aux commerçants. Leur attitude et leurs regards inhospitaliers décidèrent le comte Étienne à appeler sa fille en vue de s'entretenir avec elle un soir de printemps.

— Ma chérie, Émilie et moi allons t'envoyer à Saint-Cyr. Tu étudieras, tu pourras obtenir une belle dot pour te marier et revenir par ici quand tu en auras l'âge.
— Très bien, père, répondit-elle. Je savais que ce moment arriverait. J'en ai l'âge, après tout.
— Faisons ainsi. Tu reviendras une fois ton instruction finie. J'irai te chercher moi-même, promit le comte Étienne.

Thaïs sourit et embrassa son père sur la joue. À dire vrai, elle était ravie de cette décision. En effet, cela allait lui permettre de rencontrer d'autres jeunes filles et de quitter cette solitude qui lui pesait.

À quatorze ans, Thaïs était une jolie demoiselle aux formes plantureuses, mais dotée tout de même d'une taille fine. Ses cheveux étaient épais, blond cendré, et ses yeux avaient une teinte peu commune, myosotis. Elle assortissait sa tenue à cette couleur lavande. Comme la jeune fille était facile à vivre et d'une nature joyeuse, la découverte de sa faculté ne l'avait pas changée. Cela la rendait précieuse aux yeux de sa famille. Elle ne faisait pas étalage de cette capacité, mais l'utilisait seulement pour empêcher que des drames se produisent. Dans le cas du jeune berger, elle avait réagi trop tard. Elle s'en était beaucoup voulu et avait sombré momentanément dans la mélancolie, n'ayant pu le sauver. Elle s'était alors promis de ne pas refaire la même erreur. Elle avait prié, se recommandant à Dieu afin qu'Il lui envoie des rêves qui lui permettent de sauver les gens et non d'indiquer des corps aux familles.

***

À présent, cela faisait quatre années que Thaïs étudiait à Saint-Cyr. Elle revenait pour les vacances dans sa chère Lozère deux fois par an. Tous autour d'elle constataient qu'elle s'épanouissait et qu'elle devenait une belle jeune femme. Si elle avait pris de l'embonpoint, elle le portait bien, et son visage aux yeux myosotis étranges, ainsi que sa couronne de cheveux blond cendré, restaient agréables à l'œil. Thaïs était considérée plus que jamais comme une mère par les enfants, Léopold et Anne. Émilie Damier, devenue la nouvelle comtesse, était mieux acceptée par la noblesse des environs. La naissance d'un dernier enfant, une petite fille répondant au prénom d'Isabelle, avait comblé ses parents. La fratrie était toujours pleine de vie, mais également triste lorsque leur sœur aînée repartait étudier dans son école.

Thaïs entamait sa dernière année à Saint-Cyr. Parmi les rumeurs qui bruissaient chez les pensionnaires de l'école, on apprit que le roi Louis XV allait visiter l'établissement en compagnie de sa maîtresse, la comtesse de Vintimille. L'abbesse en charge de l'école ruminait sa colère, car elle aurait préféré que le roi vienne avec la reine plutôt qu'avec une femme de petite vertu, bien qu'issue de la noblesse. L'abbesse grondait ; elle avait instruit les maîtresses des novices ainsi que les éducatrices sur la conduite à tenir vis-à-vis de la maîtresse du roi et du souverain. Depuis quelques années, les relations entre la royauté et l'institution de Saint-Cyr étaient confuses et peu cordiales. Le roi avait lâché le mot « bégueules » concernant les pensionnaires de l'établissement et avait refusé d'y mettre les pieds durant un temps. La comtesse de Vintimille tenait pourtant à observer l'éducation donnée aux jeunes filles. En réalité, elle souhaitait trouver une compagne digne de confiance qui saurait l'écouter et être une amie sincère à la cour de France. Elle avait choisi Saint-Cyr comme vivier pour dénicher sa future dame de la cour, mais cela n'était pas du tout du goût de l'abbesse. Aussi, elle parla aux jeunes filles en ces termes :

— Ne vous laissez pas amadouer par tout ce qui brille. Sachez que Versailles est le lieu de la perdition. Il faut être née dans le grand monde pour pouvoir y tenir.

Lorsque l'abbesse tint ce discours, Thaïs se trouvait aux côtés de ses deux amies, Fanny de Sourdeval et Laure de Clairval. Toutes trois s'étaient liées d'amitié dès l'arrivée de Thaïs à Saint-Cyr. Fanny de Sourdeval était fille d'un sergent anobli pendant les quelques campagnes du début de règne de Louis XV. Auréolé de sa fierté de guerrier nouvellement acquise, il avait envoyé sa fille à Saint-Cyr. Quant à Laure, elle était fille d'une dame veuve de Normandie, qui menait une vie parcimonieuse, mais souhaitait cependant que sa fille reçoive une éducation parfaite et l'avait donc inscrite à Saint-Cyr.

Néanmoins, il était dit que le destin jouerait une nouvelle fois des tours à Thaïs. Alors que ses études se déroulaient de manière calme et qu'elle n'était pas même troublée par la venue annoncée de la comtesse de Vintimille, un incident changea sa vie subtilement, sans qu'elle-même s'en rendît compte.

La jeune et frivole Laure de Clairval connaissait le don de Thaïs. Les capacités de la jeune femme s'étaient développées, lui permettant de prédire l'avenir. Aussi, Laure n'hésitait pas à questionner constamment Thaïs. Souvent, celle-ci était sur le point de céder, mais elle résistait. La sage Fanny savait qu'il ne fallait rien demander à Thaïs, la mort de son frère Jacques étant encore fortement ancrée en elle. Fanny tentait de modérer les ardeurs de Laure, mais finissait par ne plus lui en vouloir, tant elle était charmante. Du trio, c'était Laure qui affichait la plus belle joie de vivre, bien que sa mère fût le seul membre de sa famille. La jeune fille considérait ses amies comme partie intégrante de son cercle proche et le trio ne se séparait jamais. Thaïs adorait ses amies et elles le lui rendaient bien.

Or, elle se refusait à révéler à Laure de quoi serait fait son avenir. Cela la tourmentait beaucoup. Quelquefois, elle avait besoin de prier pour être éclairée. Malgré tout, elle finit par céder, succombant à la détermination de son amie. Ce que Thaïs lui révéla n'enchanta pas la jeune femme d'ordinaire si joyeuse : sa mère comptait la marier à un vieux barbon ventripotent. À l'annonce de cette nouvelle, Laure ressentit une telle colère qu'elle gifla Thaïs, qui se cogna contre le mur et eut une commotion. La jeune fille resta alitée quelques jours, mais refusa que Laure reçoive une sanction. Cette dernière écrivit rageusement à sa mère qui confirma les dires de Thaïs : Laure devait se marier afin d'aider sa mère à obtenir plus de ressources. Le vieux barbon avait vingt mille écus de fortune, qui valaient bien que Laure y sacrifie ses rêves de jeune fille innocente. Bien sûr, Laure refusa tout net cette union, mais sa mère se montra ferme. Pendant ce temps, Thaïs restait affaiblie. Elle était veillée par ses camarades, notamment par Fanny, très inquiète. Ce fut alors que l'on cacha à Thaïs un fait terrible qui se produisit tandis qu'elle était encore alitée. Laure, la rayonnante Laure, mit fin à ses jours. Les éducatrices la retrouvèrent dans la salle du réfectoire. Elle avait de l'écume autour des lèvres, les yeux grands ouverts, figés dans l'horreur. Les éducatrices supposèrent qu'elle était tombée à la renverse tout en s'empoisonnant ; du sang coulait de l'arrière de son crâne.

Lorsqu'elle apprit la mort de son amie qui n'avait laissé aucun mot, Thaïs pleura toutes les larmes de son corps. Elle fut de nouveau nourrie à la cuillère par Fanny. Cette dernière ne lui en voulait pas. Elle devrait bientôt épouser un veuf de sa région natale qui n'était pas si vieux. Elle se contentait de son sort, que Thaïs ne lui avait jamais révélé. Ce fut Fanny qui aida Thaïs à se remettre de la mort de Laure par ces mots :

> — Thaïs, Laure a choisi. Elle n'a pas voulu t'écouter quand tu la prévenais que le destin ne doit pas être révélé pour de mauvaises raisons. Maintenant, pleure-la, mais ne renonce pas à ce don qui pourra te permettre de sauver d'autres vies.

Chapitre 1

Chacun, à la cour de Versailles, connaissait les capacités prodigieuses de Thaïs de Chancy. Elle mettait ses dons de prédiction au service exclusif du roi Louis XV, mais elle était l'amie de confiance de Pauline-Félicité de Mailly-Nesle, comtesse de Vintimille, dont l'histoire était singulière. Elle avait quatre sœurs qui n'étaient pas de la plus grande beauté. C'est sa sœur aînée, Louise-Julie, qui l'avait introduite à Versailles, qui fut un temps la maîtresse du roi. Pauline-Félicité n'était pas non plus d'une beauté remarquable, mais elle avait d'autres qualités que lui préférait le roi. Spirituelle, enjouée et peu scrupuleuse, Pauline-Félicité s'était imposée à la cour, chassant Louise-Julie avec peu de remords. Depuis, la comtesse de Vintimille, qui s'était mariée cette année-là, menait une vie faite de plaisirs et d'insouciance à Versailles.

Thaïs avait forci, mais restait très belle. Elle avait tout d'une beauté de la Renaissance : les épaules et les hanches larges, le ventre mince. Son visage arrondi était sculpté tel le marbre et ses yeux myosotis attisaient la curiosité. Elle ne quittait pas la comtesse de Vintimille et leur duo suscitait l'intérêt et l'envie. Lorsqu'elles se promenaient dans les jardins, elles étaient suivies par quelques courtisans qui les trouvaient fort distrayantes.

Thaïs de Chancy était devenue la confidente de la comtesse de Vintimille lors de sa venue à Saint-Cyr.

Lorsque le roi et la comtesse avaient franchi les portes de l'institution, la jeune femme pleurait la mort de son amie. Mais cela ne l'avait pas empêchée d'être présentée à la comtesse et son royal amant. Or, ce jour-là, Thaïs glissa un billet dans la main de la comtesse. Intriguée, cette dernière le lut et se figea. Le roi, observant que sa maîtresse pâlissait, lui prit le billet des mains. Sur celui-ci était inscrit :

> *« Madame, vous ne devez pas permettre qu'Azélie d'Aulrac approche le roi. Cette dernière est maléfique, mais je ne sais pas encore en quel sens. Votre dévouée, Thaïs de Chancy, médium. »*

Mortifié, le roi contempla la comtesse de Vintimille. Il lui expliqua qu'Azélie d'Aulrac était la plus belle femme de Lozère et qu'il lui avait demandé de se présenter à la cour lorsqu'elle aurait seize ans. Il avait commandé le portrait d'Azélie à un artiste peintre. Ce dernier avait tellement bien restitué la beauté de la jeune femme que le roi l'avait fait quérir. Elle arriverait à la cour d'ici quelques mois et le souverain ne permit pas qu'on la renvoyât, malgré ce que le billet soulignait.

— Très bien, Sire, mais permettez que je fasse venir mademoiselle de Chancy à la cour. Elle pourra investiguer et j'ai confiance en ses capacités.
— Soit, laissa échapper le roi, fort contrarié.

Ce fut comme cela que Thaïs fut admise à la cour, mais le roi ne lui réserva pas le plus chaleureux des accueils. Le fait que Thaïs soit médium fut bientôt connu de tous et toutes, et les courtisans se ruèrent pour lui demander des prédictions. Ce fut peine perdue. Thaïs réserva ses dons au souverain et à la comtesse de Vintimille.

Un matin d'été de l'année 1739, Thaïs courait dans le jardin de Versailles. Laure était morte en début d'année, en janvier. Fanny était partie en février 1739 et s'était également mariée cette année-là. Elle coulait des jours heureux auprès de son mari et Thaïs s'en réjouissait pour elle. Alors qu'elle courait, tenant ses jupes de couleur lavande dans ses mains, Thaïs se cogna à un homme aux yeux bleus perçants et au visage rude, qui marchait d'un pas paisible en ce même lieu. La jeune femme essoufflée laissa échapper un « aïe » retentissant en se frottant le front. Un peu de rouge lui était monté au visage, ce qui anima ses traits habituellement figés. L'homme se retourna et fut assez surpris lorsqu'il reconnut la jeune personne qui s'était propulsée accidentellement contre lui.

Ils s'observèrent un moment et aussitôt, une tension apparut. Une hostilité émana d'eux, d'une telle violence qu'elle aurait pu englober quiconque se trouvait près d'eux. Thaïs reconnut l'homme et détourna un bref instant son visage ennuyé. L'homme, quant à lui, eut un sourire amusé. Si quelqu'un l'avait observé de près, il aurait surpris un regard de désir, qui avait adouci ses traits.

Mais l'expression sur les traits de l'homme ne dura que quelques secondes et Thaïs ne s'en aperçut pas, trop occupée à se frotter le front.

Elle était vraiment ennuyée par cette rencontre en cette matinée d'été. Elle avait mis plusieurs mois à se remettre des sentiments qu'il suscitait en elle. Elle s'était désintoxiquée de lui, si bien qu'elle était réellement comme face à un inconnu.

— Thaïs de Chancy, voyez-vous cela ! Que faites-vous ici à cette heure matinale ? Vous n'êtes pourtant pas réputée pour vous adonner à la course, railla-t-il.

Thaïs fut si révoltée de sa répartie qui attaquait son physique, qu'elle répliqua par un coup de pied dans le genou de l'indélicat. Ce dernier, surpris, ressentit une forte douleur et recula vivement. La jeune femme sourit et renchérit :

— Thibalt de Montfort, faites attention à vos paroles. Sachez que ce soir, vous ne devriez pas aller combattre ce jeune freluquet qui vous a si violemment traité de barbon ! Se réjouit-elle, presque méchamment. Si j'étais vous, je resterais paisiblement à la cour, à boire à je ne sais quel appartement. Maintenant, si vous voulez bien m'excuser...

La jeune femme fit une révérence insultante à l'homme qui lui faisait face et s'enfuit à nouveau. Thibalt était surpris. Thaïs savait que ce soir, il allait mener un des duels qu'il affectionnait tant. Un coup de feu bien tiré, du sang qui giclait d'une partie du corps de son adversaire. Rien ne lui plaisait autant que cela. Paradoxalement, donner la mort lors de ces duels était sa raison de vivre. Il ne s'en lassait jamais.

Bel homme, le vicomte de Montfort aimait étaler sa science des duels à la cour. Issu d'une famille peu riche mais pleine de femmes et d'hommes séduisants, il se targuait d'en être l'un des plus beaux spécimens. De fait, il avait brisé sans pitié le cœur de beaucoup de jeunes donzelles qui avaient épousé de jeunes hommes peu sûrs d'eux ou qui n'osaient piper mot face à lui. Il était rare que quelqu'un osât lui tenir tête. Pour tout dire, la seule personne qui avait réussi cet exploit venait de lui donner un violent coup de genou à l'instant.

— Quelle brute ! lança-t-il, méprisant.
Pourtant, il ne pouvait rien contre elle. Elle était la suivante favorite de la maîtresse actuelle de ce romantique de Louis XV et il ne pouvait se permettre de devenir son ennemi. Même si lors de leur précédente rencontre, Thibalt s'était permis de dire à Thaïs ce qu'il pensait d'elle.

Pour lui, elle n'était rien d'autre que « le suppôt de la Vintimille ».

Thibalt de Montfort, trente-cinq ans et meilleur duelliste du royaume de France, décida de suivre le conseil que venait de lui donner Thaïs de Chancy. Les beaux yeux d'une dame et son joli minois seraient des prétextes parfaits pour décommander le duel qui l'attendait. Ce soir, il célébrerait la vie et non la mort.

Thibalt se souvenait de sa toute première rencontre avec la favorite de la comtesse de Vintimille, un jour de l'année 1739. Elle venait tout juste d'arriver à Versailles, et empêtrée de ses manières provinciales, elle attirait l'attention des dames de la Cour. On se gaussait d'elle et de ses attitudes, bien qu'elle fût issue tout de même d'une famille ancienne. Mademoiselle de Chancy n'était pas faite pour durer à Versailles et Thibalt se réjouissait de la chute d'une partisane de la comtesse de Vintimille, lui qui était un servant de la reine Marie.

Thibalt, cependant, devait s'adonner à sa passion du duel. Il n'y avait de place que pour cela dans sa vie et les journaux faisaient choux gras de son habileté au tir. L'homme était une plaie pour Louis XV, qui dès que l'on prononçait son nom, était à cran. Thibalt tuait. Il tuait ses adversaires qui avaient l'impudence de se moquer de son âge. Il avait atteint la trentaine et s'en allait vers la quarantaine. Pour les jeunes oies blanches de Versailles, il était déjà à l'aube de la vieillesse. Il ne parvenait plus qu'à séduire les femmes mariées, esseulées, dont les époux guerroyaient au loin. Les jeunes filles étaient prévenues contre lui.

Lorsqu'il aperçut pour la première fois Thaïs de Chancy, cette dernière se tenait près de sa protectrice, silencieusement. Sa silhouette aux larges hanches, et à la poitrine généreuse, mise en valeur par une robe grise, attirait l'attention. Elle était plantureuse et peu au goût de Thibalt, mais quelque chose attirait l'attention du duelliste. Sans doute, l'air lointain et observateur qu'elle arborait. Elle semblait protéger la comtesse de Vintimille et Thibalt se demandait pourquoi c'était cette jeune fille et non un officier de la Garde du palais qui accomplissait cette mission. Thibalt se montra curieux et s'approcha d'une femme de sa connaissance, amie de la Comtesse. Il demanda, à voix basse et sans gêne :

— Qui est cette jeune fille aux hanches larges ?
La femme pouffa derrière son éventail et déclara :
— Il s'agit de la nouvelle protégée de la comtesse de Vintimille, tout droit venue de Saint-Cyr. Apparemment, elle serait médium. Elle se nomme Thaïs de Chancy.
— Médium, avez-vous dit ? Insista Thibalt.
— Médium, confirma la jeune femme. Nous avons tous hâte de vérifier ses capacités.

Il était dit que ce serait Thibalt qui serait le premier à vérifier les capacités de Thaïs de Chancy. Une journée où les membres de la Cour s'étaient retirés dans leurs appartements ou demeures, Thibalt croisa un jeune officier du Roi, faisant partie du Régiment d'Agénois et devant aller combattre en Corse. Le jeune officier se nommait Antoine de Lazenac. Or, Antoine de Lazenac, à la poitrine semblable à celle d'un ours et aux manières peu travaillées, était l'époux d'une fille de dame d'honneur de la Reine Marie. Et, surtout, il méprisait Thibalt qui ne combattait pas, en ce moment, sur les différents fronts que menait le roi Louis XV. Thibalt, alors qu'il passait dans le couloir pour se rendre chez la Reine, comme à son habitude, salua Antoine de Lazenac, de manière peu flatteuse. Une grimace était apparue chez le duelliste, qui aussitôt, enflamma Antoine de Lazenac. Ce dernier était réputé pour avoir un tempérament de feu, grivois et peu prudent. Antoine de Lazenac ne disait jamais non à une bagarre, voire à un duel.

Or, ce fut ce qu'il arriva ce jour-là, lorsqu'Antoine se trouva confronté à Thibalt de Montfort. Le flamboyant officier du Roi, face au sinistre duelliste. Antoine lança de manière brutale à Thibalt :

— Que me vaut ce salut méprisant, Monsieur ?
— Monsieur le vicomte, pour vous, officier, répliqua Thibalt, peu ému par cette apostrophe. Et pour vous répondre, c'est simplement votre personne et le fait que vous paradiez comme si le château vous appartenait.
— Et si nous réglions le problème que vous pose ma vue ? répliqua Antoine de Lazenac, sur un ton bravache.
— Et pourquoi pas ? lança Thibalt.
— Ce soir, au bout de la forêt vers la plaine de Gally, déclara Antoine.

Une personne vivait la scène à travers les yeux d'Antoine de Lazenac. Cette personne se trouvait dans les appartements de la comtesse de Vintimille et ses yeux étaient devenus blancs, de l'écume sortait de sa bouche. La comtesse n'assista pas à ce spectacle, étant dans les bras de son royal protecteur. Ce fut une jeune suivante de la comtesse qui, tremblante, essuya l'écume au coin de la bouche de Thaïs et qui lui posa les mains sur les épaules, pour tenter de la faire revenir à elle. Thaïs la contempla, surprise, et dit à la jeune suivante :

— Pas un mot…à qui que ce soit…

— Mais, la Comtesse …

— …Ne dois rien savoir, acheva Thaïs, jetant un regard menaçant à la jeune femme. Promets-le-moi, exigea Thaïs.

La jeune femme affronta silencieusement Thaïs du regard, puis obtempéra. Thaïs pouvait se montrer intimidante et prête à tout pour préserver certains de ses secrets.

Après avoir pris un peu de repos, Thaïs décida de quitter les appartements de la Comtesse, afin de parler à Antoine de Lazenac. Elle le connaissait depuis peu, et il la méprisait ouvertement pour son service auprès de la comtesse de Vintimille. Thaïs n'avait cure de ce qu'on pouvait lui reprocher en raison de la personne dont elle était l'obligée. Seul son devoir envers la comtesse comptait.

La jeune femme finit par trouver l'ombrageux officier du Roi qui devisait dans les jardins de Versailles. Les courtisans s'arrêtèrent lorsqu'ils aperçurent Thaïs qui s'approchait d'Antoine de Lazenac.

Malgré les vêtements clairs, Thaïs dégageait une aura sinistre, alors qu'elle se dirigeait lentement vers le groupe, ses yeux se fixant sur l'officier du Roi. Elle voulait à tout prix lui parler et le dissuader d'aller dueller avec Thibalt de Montfort ce soir. Elle n'avait encore jamais parlé à ce dernier, mais elle le sentait prêt à fondre sur sa proie. La jeune femme devait empêcher la mort de survenir et elle n'hésiterait pas à parler à l'officier avec autorité. Aussi, lorsqu'Antoine de Lazenac comprit que c'était à lui qu'elle voulait parler, il se rembrunit aussitôt. Connaissant les capacités de médium de Thaïs, il se demanda si elle ne savait pas quelque chose de compromettant le concernant.

La jeune fille aux étranges yeux myosotis s'approcha de l'officier du Roi et commença :

— Je dois vous parler, Monsieur.

— Est-ce que cela peut attendre ? Je suis en discussion avec mes amis.

— Vous me considérerez comme une amie de la plus grande importance une fois que vous aurez entendu ce que j'ai à vous annoncer, lui assura Thaïs.

L'officier du Roi cilla et s'éloigna pour écouter ce que la jeune médium avait à lui apprendre.

Thaïs s'approcha de lui et le supplia :

— N'allez pas combattre ce soir Thibalt de Montfort. Vous n'allez pas survivre.

Antoine de Lazenac fut surpris. Il pensait que Thaïs, trop heureuse de perdre un fidèle de la Reine, le menaccrait de révéler un souvenir compromettant. Or, il n'en était rien. C'était sûrement dû à son étrange pouvoir, mais la jeune fille savait que ce soir, l'officier du Roi affronterait « son rival » à la Cour de Versailles, Thibalt de Montfort. L'officier balaya les suppliques de Thaïs d'un revers de la main et lui annonça :

— Allons, ne soyez pas si dramatique, Thaïs de Chancy. Je vais m'en sortir !

— Non, vous n'allez pas vous en sortir ! Insista la jeune médium. Et vous ne devriez pas combattre, vous avez une famille !

Antoine de Lazenac se mit à rire. Une famille ? S'étonna-t-il. Il venait tout juste d'être marié !

La jeune femme le contempla avec insistance et ce fut alors qu'Antoine de Lazenac sursauta.

— Mon épouse ! Elle est...

— Enceinte...confirma Thaïs. Elle est arrivée aujourd'hui même de la campagne pour vous l'annoncer.

L'officier se mit à réfléchir à toute allure. Si sa chère épouse attendait un enfant, cela valait peut-être la peine qu'il ne combatte pas Thibalt. Thaïs sentit que l'officier faiblissait et qu'il ne combattrait pas. La jeune femme allait tourner les talons, lorsqu'elle sentit que l'officier avait encore changé d'avis. Elle revint sur ses pas et le dévisagea. Antoine de Lazenac évita son regard, lorsqu'elle plongea ses yeux étranges dans les siens.

— Je vais combattre, mademoiselle de Chancy...Croyez-bien que même être père ne changera rien. Je suis toujours officier du Roi et je déteste Thibalt de Montfort. Je ne vais pas m'en priver.

— Vous êtes inconscient, Monsieur, s'insurgea Thaïs. Vous êtes prêt à priver votre enfant à naître d'un père ?

— Je le suis, répliqua Antoine de Lazenac.

Sur ces paroles inquiétantes, il porta la main à son haut-de-forme et quitta la jeune médium. Il devait se préparer à son duel.

Thaïs se mit à réfléchir à toute allure. Elle devait trouver une solution, car ce soir elle savait qu'il y aurait une victime. Elle décida d'aller à la rencontre de Thibalt de Montfort et si elle ne parvenait pas à le convaincre, en dernier recours, elle irait trouver le Roi.

La jeune médium se résolut à trouver celui qu'elle savait être appelé « le croquemitaine », mais elle n'en avait cure. Il fallait qu'elle empêche la mort de survenir.

Elle alla trouver Lebel, le premier valet du Roi et lui demanda, d'après lui, où pourrait se trouver le duelliste à cette heure-ci. Lebel observa Thaïs d'un œil curieux, mais ne lui dit rien. Il réfléchit et lui apprit :

— Sans doute se trouve-t-il chez la Reine. Il ne va voir sa favorite que le soir. Mais, pourquoi vouloir vous rendre chez la Reine Marie ? Vous ne serez pas bien accueillie.

Thaïs soupira et déclara :

— Je le sais, mais si je ne fais rien, j'aurais une mort sur la conscience.

— Comment cela ? S'étonna le premier valet du Roi.

— Un duel, maugréa Thaïs de Chancy. Thibalt de Montfort doit affronter l'officier Antoine de Lazenac ce soir au Ru du Gally.

À ces mots, Lebel se rapprocha de Thaïs et lui posa une main sur l'épaule :

— N'en faites rien, ne le suppliez pas d'arrêter, lui demanda le valet du Roi.

— Mais…si vous le laissez faire…s'insurgea Thaïs.

— Nous allons pouvoir l'arrêter, enfin, soupira d'aise Lebel. Notre roi vous en sera vraiment reconnaissant.

Thaïs n'était pas tranquille. Elle ne voulait pas que ce duel ait lieu. Elle sentait confusément que le Roi n'épargnerait personne. Ni Antoine de Lazenac, ni Thibalt de Montfort. Aussi, elle suivit son plan et se rendit chez la Reine. Elle s'annonça au garde qui surveillait l'entrée de la porte de la souveraine et lui indiqua :

— Thaïs de Chancy, je désire parler à Thibalt de Montfort.

La jeune fille attendit devant la porte des appartements de la Reine Marie, tandis que les familiers de la Reine défilaient, surpris de constater la présence d'une partisane de la comtesse de Vintimille à cet endroit du palais. Thibalt de Montfort sortit des appartements de la Reine et posa ses yeux perçants sur la jeune femme aux cheveux pâles et aux larges hanches qui lui faisaient face. Thibalt soupira. Décidément, ce jour était celui des mauvaises rencontres. Il commença :

— Mademoiselle de Chancy, la nouvelle favorite de notre chère comtesse de Vintimille ?

— Ne duellez pas avec Antoine de Lazénac ce soir, le Roi est au courant. Vous risquez gros, apprit Thaïs au duelliste.

Il fallut un bref instant au duelliste pour digérer la chose. Furieux, il se rapprocha de la jeune fille et se pencha à son oreille pour murmurer.

— Je vais dueller contre ce foutu Lazenac ce soir. Je vais faire en sorte que le Roi arrive en retard. Et ne vous avisez plus de vous mêler de mes affaires, sinon il vous en cuira.

Au moment où il lui disait ces paroles, Thibalt était si près d'elle que l'on pensait qu'il s'agissait d'une scène où l'amant se penchait vers une amante pour l'embrasser dans le cou. La froideur du ton employé par celui qu'on surnommait « le croquemitaine », sifflant comme celui d'un serpent, effraya Thaïs, qui se figea, réellement effrayée.

Personne ne pouvait voir que Thibalt avait saisi l'un de ses pistolets et l'avait placé sur son ventre. Personne ne pouvait deviner ce qu'il faisait. Seule, Thaïs tremblait comme une fille, ses yeux myosotis posés sur les yeux bleus perçants du croquemitaine. Elle déglutit et parla très vite :

— Vous allez commettre un crime, Thibalt de Montfort ! Antoine de Lazénac va devenir père. Il va avoir un fils ! Si vous le tuez, vous signez votre fin. Ce fils vous retrouvera plus tard et il vous tuera. Ce sera le plus grand et le plus puissant adversaire auquel vous aurez à faire face de toute votre vie !

Thibalt contempla la jeune femme d'un œil surpris. Il comprit que ses capacités se manifestaient et qu'elle était vraiment certaine de ce qu'elle avançait. Il soupira d'un air ennuyé et appuya un peu plus le pistolet contre son ventre et il se pencha un peu plus à son oreille.

Des courtisans passant près de chez la reine ralentirent l'allure et pouffèrent de rire à la scène à laquelle ils assistaient, pensant que Thibalt de Montfort tentait de séduire une courtisane de la maîtresse du roi Louis XV, lui qui était un proche de la Reine. Or, la scène était vraiment toute autre.

Thibalt pouvait mettre fin à la vie de Thaïs dès maintenant. Elle le savait, ils le savaient tous deux. Mais ce qu'avait prophétisé la jeune femme remua Thibalt plus qu'il ne voulait se l'avouer. Il murmura une nouvelle fois à l'oreille de Thaïs :

— Je vais dueller malgré tout et je serai prêt quand ce redoutable adversaire apparaîtra.

Le duelliste rangea son pistolet à sa ceinture, sa tête quitta le cou de Thaïs et il reprit sa posture pleine d'arrogance. Il regagna les appartements de la Reine et sourit, plein d'assurance, à Thaïs.

La jeune femme trembla une nouvelle fois. Le duelliste venait tout juste de la menacer et elle n'avait tout simplement pas intérêt à se trouver sur son chemin.

Thaïs vécut le reste de la journée dans un brouillard. Elle se rendit dans son appartement le soir et ne put rien avaler. Elle ne savait pas quand devait se dérouler exactement le duel. Elle décida de se parer d'une tenue élégante pour se rendre chez le Roi, afin de lui demander des nouvelles de la situation. Alors qu'elle se rendait aux appartements du Souverain, elle entendit une agitation dans les couloirs de Versailles. Alors qu'elle s'avançait vers la source du bruit, elle aperçut avec horreur, un corps que l'on portait sur une civière. Elle entendit des hurlements de douleur et bouscula des courtisans pour mieux s'approcher. La scène dont elle fut témoin la réconforta et elle eut un sourire soulagé, ainsi que des larmes qui perlèrent au coin des yeux.

L'un des courtisans la contempla avec réprobation. Il ne comprenait pas son attitude.

— Pourquoi riez-vous ? Il est gravement blessé ! s'indigna l'homme.
— Il est blessé, mais il est en vie, s'écria Thaïs.

Elle s'écria, à la cantonade, face aux aristocrates surpris.

— Il est en vie !

Antoine de Lazenac passa près d'elle sur une civière. Il avait été blessé à l'épaule et allait être soigné dans l'appartement qu'il partageait avec sa femme.

Quant à Thaïs, elle constata que Thibalt rentrait seul et sans encombre au château. Il marchait d'un pas flegmatique, époussetant son costume et se dirigea droit vers Thaïs. Cette dernière fut surprise par le fait qu'il s'arrête près d'elle. Thibalt grimaça un sourire et se pencha sur elle en murmurant :

— Vous voyez, ce grand adversaire ne viendra pas me trouver et vous n'aurez pas ma peau. Restez loin de moi, suppôt de la Vintimille ! Vous ne valez rien et surtout pas l'air que je respire.

Cette tirade, qui n'était que pour Thaïs seule, acheva la jeune fille mentalement. Elle venait de sauver deux vies, mais ces hommes ne lui avaient témoigné aucun remerciement. Elle raconta tout à la comtesse de Vintimille, qui voulut faire enfermer Thibalt de Montfort. Mais Thaïs l'en dissuada. Son instinct lui murmurait qu'il ne fallait surtout pas faire ça. Même si Thibalt de Montfort était un être méprisable, il n'avait pas tué Antoine de Lazenac. L'officier du Roi était en faute après tout. C'était lui qui avait tenu à continuer le duel avec le « croquemitaine ». On ne pouvait pas en vouloir à ce dernier d'avoir exaucé son souhait.

Mais, même si Thaïs avait sauvé la vie de Thibalt par deux fois, la première en le prévenant de ne pas tuer Antoine de Lazenac et la deuxième, en demandant à la comtesse de Vintimille de ne pas le faire enfermer, elle constaterait plus tard que les choses se dégradaient entre elle et le duelliste.

En effet, peu de temps après cette première rencontre mouvementée, Thibalt et Thaïs allaient vivre une deuxième rencontre qui mettrait à mal leurs relations.

Chapitre 2

Un matin de 1739, la comtesse de Vintimille se mit à hurler dans son salon, alors qu'elle tenait une feuille de journal dans les mains. Ses cris auraient pu atteindre le plus lointain des bâtiments de Versailles. Une des dames de la comtesse alla quérir rapidement Thaïs. Cette dernière venait de finir ses ablutions et achevait de se vêtir, lorsque la servante de la comtesse arriva, essoufflée, à la porte de sa chambre.

— Thaïs, il faut que vous veniez ! La comtesse…Elle doit vous parler. Ces maudits pamphlets ont encore été publiés …

Thaïs suivit la jeune fille sans discuter. Elle se doutait de ce qui arrivait. La comtesse avait sans doute été l'objet d'un pamphlet écrit par les dévots, partisans de la Reine Marie. Ces derniers ne se privaient pas de critiquer la comtesse et d'imposer une image d'elle qui attisait la haine du peuple de France. Lorsque la jeune fille arriva auprès de la maîtresse royale, la Comtesse était vraiment dans un état de rage, détruisant son boudoir. Ses servantes étaient toutes horrifiées, mais Thaïs conserva son calme.

Elle se devait de ramener à la raison la comtesse, aussi, elle déclara très calmement :

— Madame, allons ! Ce n'est pas digne de vous. Vous allez donner du grain à moudre à vos ennemis, si vous agissez ainsi.
— Comment veux-tu que je me calme, Thaïs ? Cette horrible femme ! C'est elle qui cause ma perte publique et je ne peux rien dire, sinon elle gagne. Même en ce moment, elle gagne parce que je suis dans une rage folle.

Thaïs s'approcha de la comtesse et lui posa la main sur l'épaule. Elle murmura :

— Pauline-Félicité ! Allons, calmez-vous. Le Roi ne laissera pas cela continuer.

La comtesse de Vintimille se calma et posa sa main sur celle de Thaïs qui se trouvait sur son épaule. Les deux femmes s'assirent sur le sofa de la Comtesse, qui se prit la tête dans ses mains.

— Thaïs…Cette Alix de Naussac, pourquoi est-elle aussi vindicative ? Elle ne fait même pas partie du peuple, mais elle agit comme si elle en était la représentante. Si seulement, je pouvais la confondre.
— Le Roi le fera, promit Thaïs, déterminée, à la comtesse. Il le fera et vous en serez enfin débarrassée.

Constater l'état de détresse de sa protectrice, alors qu'elle était un roc à l'accoutumée, plongea Thaïs dans une sorte de désarroi profond, si bien qu'elle voulut savoir qui était cette Alix de Naussac. Cette jeune femme lui paraissait avoir un grand pouvoir sur la comtesse et sur les auteurs des pamphlets. Ils étaient imprimés régulièrement et on en trouvait sur les rues pavées de Versailles. Cela attisait la curiosité de Thaïs qui désirait en savoir plus sur elle.

La jeune femme décida de chercher des informations sur Alix de Naussac. Cette dernière faisait partie des partisans de la Reine Marie et Thaïs décida d'aller poser la question au Grand Prévôt de Versailles, qui s'occupait de rendre la justice dans la Ville. Elle se rendit au bureau de l'homme, simplement accompagnée de sa petite servante. Il fut très surpris de la présence de Thaïs. Ce n'était pas tous les jours qu'une suivante de maîtresse royale venait le trouver. Aussi, lorsque Thaïs se montra à sa porte, il la reçut sans discuter. Généralement, les aristocrates n'aimaient pas venir le trouver, aussi lorsque quelqu'un franchissait sa porte, c'était que l'affaire devait être grave. Le Grand Prévôt se nommait Cléonthe de LaTour-Morte. Son nom inspirait de la crainte, car il avait résolu beaucoup d'affaires pour le Roi et des suspects avaient disparu par la suite. On pensait que ce dernier, aidé par les officiers de police du Bureau de Châtelet, faisait commerce des corps ou des personnes arrêtées. Le Roi fermait souvent les yeux concernant les agissements du Grand Prévôt de Versailles, car il était un allié fervent du souverain. Les aristocrates se méfiaient de lui et Thaïs savait que ce dernier souhaiterait probablement mettre un terme aux agissements d'Alix de Naussac.

Cléonthe de la Tour-Morte était un homme dans la force de l'âge, âgé de quarante ans et devant épouser une jeune péronnelle qui n'aurait d'autre but que celui de lui assurer une descendance. Les premières salutations achevées, Thaïs commença :

— Monsieur le Grand Prévôt, je suis ici parce que la comtesse de Vintimille a piqué une crise d'hystérie après avoir vu un de ces pamphlets écrits par Alix de Naussac.

À ces mots, le Grand Prévôt eut une grimace. Il ne connaissait que trop bien ce nom. Cette femme était une épine dans son pied depuis plusieurs années et elle était puissante. Même le Roi ne pouvait rien contre elle, car elle comptait beaucoup de partisans à Versailles. Aucune lettre de cachet n'avait été adressée à son encontre. Cela signifiait combien elle était appréciée.

— Ma chère Mademoiselle de Chancy, malheureusement, je ne peux rien faire pour vous. Le Roi ne m'a pas demandé expressément d'enquêter sur cette Alix de Naussac et vous ne pouvez rien contre ces pamphlets.
— Sauf si j'arrive à trouver quelque chose de compromettant sur cette femme, objecta t-elle. Quelque

chose de suffisamment compromettant qui pousserait le Roi à intervenir, afin de protéger la comtesse de Vintimille.

— Cela me semble compromis, remarqua le lieutenant-général. Hormis ses pamphlets, cette femme est insaisissable. Nul ne sait qui elle fréquente à la Cour. Ah…il se mit à réfléchir rapidement. Il y a peut-être bien quelqu'un qui pourrait vous en apprendre un peu plus sur Alix de Naussac.

Thaïs se raidit. Elle ne savait pourquoi mais elle connaissait déjà le nom de celui qui pourrait lui donner des renseignements.

— Laissez-moi deviner…Ne serait-ce point Thibalt de Montfort ?

Étonné, l'officier de police se rappela soudain les capacités de la personne en face de lui et se contenta d'approuver. Il expliqua :

— Montfort et cette femme ont eu une liaison, peu de temps avant qu'il ne fréquente Rose Marsac. Cet homme est vraiment celui qui peut vous renseigner sur Alix de Naussac.

— Quelle plaie cet homme-là ! S'indigna Thaïs.

Elle se rappela qu'il l'avait traitée de suppôt de la Vintimille et qu'elle devrait avoir une bonne raison de le trouver pour lui demander des renseignements concernant

Alix de Naussac. Comme tout partisan de la Reine, le duelliste devait se réjouir de tout outrage qui atteindrait la comtesse de Vintimille.

Thaïs quitta le bureau du Grand Prévôt, soupirant énormément. Elle alla déjeuner dans son appartement à Versailles. Elle se nourrissait de manière simple, amenant beaucoup de légumes qu'elle aimait dans son assiette. Son alimentation contrastait avec celle, plutôt riche et déséquilibrée des aristocrates qui l'entouraient. Ce fut alors qu'une idée germa chez Thaïs. Elle irait trouver un journaliste de sa connaissance, du nom de Lysandre Saint-Ambroix.

Ses écrits faisaient fureur à Versailles, car il documentait tout ce qui arrivait à destination des aristocrates dans les rues de Versailles et de Paris. Caustique, résolument méchant et plutôt doté d'une belle plume, l'homme ne manquait pas d'attraits auprès des jeunes filles de la Noblesse. Lysandre était, de plus, entretenu par une femme mariée assez puissante à la Cour, dont le mari, militaire assez haut placé, combattait en Corse. Lysandre était plus jeune que son amante et cette dernière connaissait une certaine notoriété à la Cour. Indépendante, n'appartenant à aucune faction, elle tenait salon dans son appartement de Versailles.

Ayant pour nom Désirée de Sens (cela ne s'inventait pas), la flamboyante duchesse aux cheveux auburn menait grand train et avait un temps souhaité remplacer la comtesse de Vintimille dans le cœur du Roi.

Mais son alliance avec Lysandre Saint-Ambroix lui apportait bien plus.

Thaïs décida donc de se rendre chez Désirée, en espérant qu'elle et Lysandre pourraient lui fournir assez de renseignements pour éviter qu'elle ait besoin d'en demander à Thibalt de Montfort.

Cependant, il était dit qu'elle croiserait le chemin de ce dernier plus souvent qu'elle ne le voulait. Ainsi, elle se retrouva face à Thibalt au détour d'un couloir et le duelliste aux yeux perçants se réjouit de cette rencontre. Il la salua toujours de manière insultante et lui lança sur un ton méprisant :
— Alors, chère Mademoiselle de Chancy….
— Pour vous, ce sera comtesse de Chancy, cher Vicomte. Je suis plus haut placée que vous dans la hiérarchie, ne l'oubliez pas, le coupa-t-elle, roulant les yeux au ciel.
Thibalt fut assez surpris de cette attitude, mais il se rappela qu'elle avait fichtrement raison. Elle était comtesse et lui vicomte. Il serra le poing. Quelquefois, elle lui donnait envie de l'étrangler. Mais il y avait du monde autour d'eux et il s'aperçut que tous s'étaient arrêtés pour scruter leur échange.

— Comment se porte la comtesse après son humiliation par cette chère Alix de Naussac ?

— Elle n'en a cure, croyez-le bien, susurra l'interlocutrice du vicomte, d'une voix suave, suffisamment pour qu'il sente la réplique advenir.

— Allons, allons, ne mentez pas. Nous l'avons tous entendu crier.

— Crier de joie ! Acheva Thaïs. Le Roi ne va maintenant plus tarder à agir contre cette Madame de Naussac, qui semble si sûre de son pouvoir et de passer au travers des lois. Vous feriez mieux de la prévenir de ce qui l'attend, suggéra la comtesse de Chancy, d'une voix plus ferme.

Les rires fusèrent autour d'eux et Thibalt ne sut quoi répondre. Thaïs s'en fut, la tête haute, d'un pas rapide. Elle avait tout inventé. Le Roi ne ferait probablement rien pour un pamphlet ni pour calmer les nerfs de sa maîtresse. Mais qui sait…il suffirait que Thibalt rapporte à Alix de Naussac ce que Thaïs venait de dire pour que cette dernière se décide à agir et commette un impair. Elle espérait que le duelliste et sa diabolique amante se fassent piéger et finissent tous deux dans les geôles de Versailles.

Thaïs continua sa route pour arriver chez Désirée de Sens. On était dans la matinée d'un jour de printemps et déjà les rires fusaient dans l'appartement de cette dernière. La jeune médium sourit et frappa à la porte. Une servante vint ouvrir et annonça d'une voix de stentor :

— Mademoiselle de Chancy pour Madame la Duchesse.

Une voix pétillante et crépitante comme une buche de bois dans un feu d'hiver se fit entendre :

— Thaïs ! Entrez ! Venez donc vous amuser avec nous.

La jeune femme accepta volontiers l'invitation de la duchesse de Sens. Cette dernière, dans sa glorieuse trentaine, était alanguie sur son sofa, dans une superbe robe vert d'eau. À ses côtés, quatre hommes et deux femmes de la Cour que Thaïs connaissait de vue. La jeune femme salua les invités et contempla la duchesse. Son visage de marbre, légèrement poudré était orné de deux yeux de couleur brun chaud qui se mariaient parfaitement à ses cheveux auburn. La robe épousait parfaitement sa poitrine avantageuse et renforçait son côté tapageur. Elle était un peu plus vulgaire que la comtesse de Vintimille, un peu moins pieuse que la Reine Marie, mais Thaïs la croyait sincère et sans griefs contre la comtesse. Aussi, Thaïs pouvait penser que la duchesse de Sens lui viendrait en aide.

Thaïs s'installa comme si elle était une intime de la duchesse, puis elle débuta :

— Madame la Duchesse, j'aurais aimé que vous m'instruisiez sur l'endroit où je pourrais trouver Lysandre Saint-Ambroix.
— Oh, devrais-je m'inquiéter ? lança la duchesse d'une voix faussement outragée.

Comprenant l'allusion, Thaïs se mit à rire et entreprit de rassurer la duchesse.

— Il ne s'agit pas de cela ! Non. Mais Lysandre Saint-Ambroix écrit des articles et il pourrait me renseigner sur Alix de Naussac et ses faiblesses.

À ces mots, le visage de la duchesse se plissa et le visage des courtisans auprès d'elle se ferma. Thaïs fut étonnée et crut que la duchesse allait la mettre à la porte, mais ce ne fut pas le cas. La duchesse se reprit et cracha sur un ton diamétralement opposé à celui, plaisant, qu'elle avait pris :

— Cette criminelle…J'espère que le Roi en viendra à bout. Mais, pour Lysandre, vous pourrez le trouver ici, ce soir. Que souhaitez-vous savoir exactement ?
— Mais tout ! Il faut connaître son ennemie pour mieux la détruire. Je ne sais rien sur elle.
— Ce que je peux vous dire, c'est que Lysandre sait où elle se trouve. Il a effectué des recherches sur elle et son groupuscule, il saura certainement vous renseigner.

— Et vous, Madame la Duchesse, vous semblez la connaître ?

Thaïs observa le changement radical sur le visage de la duchesse. Cette dernière offrit à la jeune femme un visage où la haine était réellement visible. Elle déclama lentement :
— Alix de Naussac est la responsable d'un culte apocalyptique « les enfants du Jugement Dernier ». Ils sont moins d'une quinzaine, mais ils sont en communauté et ils ont des ressources, car plusieurs d'entre eux sont riches.
— Les enfants du Jugement Dernier…soupira Thaïs. Quel nom théâtral…
— Oui, c'est certain. Mais ce n'est pas tout. Ils deviennent violents envers tous ceux et celles qui les menacent de ne pas pouvoir exercer leur culte dévoyé. Vous feriez bien de vous méfier si vous les approchez de trop près.
— Je suivrai vos recommandations, Madame la Duchesse.

Cette dernière observa la jeune fille assise face à elle avec beaucoup de commisération. Thaïs haussa un sourcil, surprise. Elle demanda à la duchesse :
— Pourquoi me regarder ainsi ?
— Vous me faites penser à ma sœur, Flore de Bois-Brisé. C'était mon nom de famille avant que je ne devienne duchesse de Sens. Ma sœur était opiniâtre, très belle, mais jeune et n'écoutant personne. Elle a deux ans de moins que vous.

La duchesse s'arrêta tristement, puis elle reprit :

— Ma sœur était un jeune esprit difficilement maîtrisable. Elle refusait de venir à Versailles pour avoir une vie comme toutes les aristocrates. Elle adorait les chevaux et surtout, elle adorait un homme ici, à Versailles, mais il avait choisi une autre femme à aimer. Cette femme était Alix de Naussac et cet homme était Thibalt de Montfort.

— Encore lui ! Cracha Thaïs, pleine de haine.

La duchesse fut surprise par le ton hostile employé par la jeune fille.

— Si quelqu'un peut essayer de faire entendre raison à Alix de Naussac, c'est bien Thibalt de Montfort. Mais, comme celle-ci sert les intérêts de la Reine Marie, je ne crois pas qu'il interviendra pour vous, remarqua la duchesse.

— Je ne le crois pas non plus, mais si c'était pour votre sœur, Flore de Bois-Brisé ? Suggéra Thaïs.

— Non…il ne l'a jamais aimée, ni même regardée. Elle n'était pas assez à son goût, répliqua la duchesse. Mais…en tout cas, Thaïs, venez ce soir et posez vos questions à Lysandre. Il pourra sûrement vous répondre.

Thaïs quitta les appartements de la duchesse, en songeant que son enquête concernant Alix de Naussac avait bien avancé. Celle-ci serait une adversaire redoutable, et surtout, elle avait Thibalt de Montfort à ses côtés. C'était un point qui ennuyait énormément Thaïs. Elle aurait aimé que le duelliste ne se mêle pas de cette affaire, car elle concernait sa protectrice, la comtesse de Vintimille. Mais Thaïs décida qu'elle se chargerait de contenir le duelliste, si jamais il décidait de se ranger du côté d'Alix de Naussac.

La jeune femme passa le reste de sa journée dans une allée des jardins de Versailles. Le temps était doux et la comtesse n'avait pas requis sa présence. La jeune femme tentait d'obtenir des renseignements sur Alix de Naussac grâce à ses capacités de médium. Pour cela, elle avait passé le reste de sa matinée à ressentir les différents pamphlets concernant la comtesse de Vintimille. Il y en avait plus d'une vingtaine. De grandes feuilles qu'elle avait collectées en demandant aux différents aristocrates s'ils en possédaient. Si ces derniers ne se montraient pas affectés par le culte dissident, en réalité il n'en était rien. Ils conservaient les pamphlets avec inquiétude, et les tendirent à Thaïs. Cette dernière les remercia, et assise sur son banc de pierre, elle tenta de se connecter à ses capacités. Généralement, ses visions lui venaient sans qu'elle eût d'efforts à faire. Or, là, cela lui prit beaucoup de temps avant qu'elle eût quoi que ce soit comme message.

Cela provint du dernier pamphlet qu'elle toucha. Il s'agissait d'un dernier avertissement des Enfants du Jugement Dernier contre les mœurs des aristocrates de la Cour de Versailles. En réalité, la critique des mœurs pointait le Souverain et la comtesse de Vintimille, mais aussi, tous ceux qui ne semblaient pas aller dans le sens de la Reine. Alors qu'elle touchait ce pamphlet du doigt,

Thaïs ressentit enfin quelque chose, mais bizarrement ce ne fut pas ce à quoi elle s'attendait.

Cette vision fut la pire de ce qu'elle eut à subir. On y découvrait Alix de Naussac, entièrement nue et attachée sur ce qui semblait être une planche de bois, les poignets entravés par des cordes aux nœuds particulièrement compliqués. Thaïs sut qu'il s'agissait d'Alix de Naussac en raison des portraits figurés sur les pamphlets. Le lieu était particulièrement sordide. Il s'agissait d'une sorte de grange, aux planches pourries. La jeune médium se mit à trembler violemment. Elle hurla plusieurs fois, se déchirant les bras avec ses ongles jusqu'à se faire saigner. Une striée de sang se répandit autour du banc de pierre.

Ce qu'elle voyait était horrible. Un homme portant un masque et vêtu de noir, son costume étant comme celui d'un oiseau, se penchait sur Alix nue et ligotée. Armée d'un couteau impressionnant, il planta sa lame dans la chair du bras d'Alix, faisant gicler le sang. Cette dernière hurla, mais l'homme derrière son masque, se mit à rire, couvrant les hurlements d'Alix. L'homme parla d'une voix caverneuse :

— Tu ne peux m'échapper Alix. Personne ne peut t'entendre hurler et je vais continuer à découper tes chairs. Tu rejoindras toutes celles qui sont mortes ici, entre mes mains.

Un tueur de femmes ! Ses investigations concernant Alix de Naussac avait amenées Thaïs à découvrir un tueur de femmes. Mais de quelles femmes il parlait ? De celles de la secte, ou d'autres femmes, qui avaient disparu ou dont on ne s'inquiétait pas. Thaïs était encore dans sa vision et elle se faisait du mal.

Des courtisans passèrent par là. Ils découvrirent Thaïs, les bras en sang, l'air hagard, assise sur son banc de pierre. Horrifiés, ils ramassèrent les pamphlets couverts de sang qu'ils trouvèrent tout autour d'elle. Certains se concertèrent et eurent l'idée de prévenir le Lieutenant-Général de police et de reconduire Thaïs à l'intérieur du palais, pour qu'elle soit soignée.

Thibalt de Montfort assista de loin à la scène, à l'intérieur du palais de Versailles. On lui expliqua qu'on venait de trouver Thaïs dans les jardins, entourée de pamphlets rédigés par les Enfants du Jugement Dernier. Thibalt fit aussitôt le lien avec Alix de Naussac. Il commença à s'inquiéter pour elle. Il murmura :

— Dans quel pétrin t'es-tu fourrée, Alix ?

Il se décida à aller voir son ancienne amante. Il savait où elle faisait célébrer les offices de son culte et cette même journée, sans prendre le temps de vérifier s'il s'agissait bien d'Alix, il se mit en marche vers le Grand Commun et le côté Sud. Cet endroit avait été réaménagé un siècle plus tôt, lorsque le roi Louis XIV avait voulu construire le Grand Commun, afin d'administrer Versailles. Le quartier de Saint-Louis était venu se rajouter à cela et l'on reconnaissait bien le style imposé par les Souverains. Les bâtiments et les maisons n'avaient pas plus d'un étage, afin de ne pas porter ombrage au château.

Thibalt se repérait pourtant facilement dans ces lieux, car il savait que l'habitation d'Alix de Naussac se trouvait à la limite du quartier de Saint-Louis, tout au sud. Une bâtisse d'un étage et rongée par les fissures lui tenait lieu de demeure. Il avait souvent eu des ébats avec la jeune aristocrate dans cette bâtisse, quelques années plus tôt, avant qu'il ne rencontre son amante actuelle, Rose Marsac. Alix de Naussac l'avait quittée, car elle se vouait aux Enfants du Jugement Dernier. Lui aimait trop sa vie de débauche pour la suivre dans le culte, même s'il savait qu'Alix ne s'était pas assagie.

À présent parée de son aura de dirigeante de culte, Alix de Naussac n'avait pas cessé d'avoir des amants. Elle se flagellait, par la suite, pour obtenir le pardon de Dieu.

En cette même journée où la comtesse de Vintimille recevait un pamphlet la concernant, et où Thaïs de Chancy se rendait chez le Grand Prévôt de Versailles, Thibalt, lui, allait trouver Alix de Naussac.

En souvenir de leur histoire passée, peut-être qu'elle accepterait de lui ouvrir sa porte et de lui parler. Il espérait qu'elle ne serait pas entourée par les membres de son culte. Et surtout…il n'espérait pas croiser celle pour qui il n'avait jamais rien ressenti et qui l'avait poursuivi à Versailles. Poursuivi. Lui, le duelliste chevronné, s'était fait poursuivre par une jeune fille qu'il ne pouvait tuer, sous peine d'être conduit sur le billot. Il avait pensé à la faire tuer par des brigands de sa connaissance, mais il avait pensé que l'on l'aurait aussitôt soupçonné. Il était de notoriété publique qu'il supportait assez mal l'attention marquée de cette jeune idiote de Flore de Bois-Brisé. Ce

n'était pourtant pas faute de l'avoir dit à sa sœur aînée, l'intimidante duchesse de Sens. Il lui avait même craché à la figure :
— Si vous ne tenez pas vôtre sœur, je pourrais bien la faire disparaître un jour.

La duchesse de Sens était intervenue et Flore de Bois-Brisé avait cessé de se comporter de manière inconvenante avec lui. Mais, à cause d'elle, il avait perdu Alix de Naussac, qui avait jugé que c'était à cause de leur dépravation à tous les deux que la jeune Flore s'était discréditée. Alix de Naussac avait vu d'un mauvais œil l'arrivée des maîtresses royales à Versailles. Partisane de la Reine Marie, tout comme Thibalt, elle avait abandonné son logement de Versailles, pour se retirer à l'extrémité sud du Quartier de Saint-Louis, dans cette bâtisse abandonnée qui lui tenait lieu de refuge. Et c'était à ce moment-là que ses délires de culte lui étaient venus.

Thibalt soupira alors qu'il arrivait devant la demeure abandonnée de la famille d'Alix de Naussac. Ses parents, issus de la vieille noblesse d'Auvergne, étaient rentrés chez eux, il y a peu, afin de vivre pieusement dans leurs terres de l'Allié. Cette maison témoignait de leur lustre passé, lustre qu'ils avaient abandonné, afin de s'adonner aux œuvres de charité. Or, ils n'avaient pas pensé à doter Alix. Elle vivait sur une rente allouée par la Reine Marie, qui avait compris son besoin de s'éloigner de Versailles. Si le Roi n'avait pas encore agi contre Alix de Naussac, c'était sans doute pour ne pas se mettre à dos son épouse et une partie des dévots, qui critiquaient énormément son comportement.

La bâtisse était réellement sinistre et Thibalt n'aimait vraiment pas s'y trouver. Le grand portail en fer forgé s'ouvrit facilement sous sa poigne et le duelliste entra à l'intérieur de la bâtisse. La porte principale s'ouvrit et une belle femme apparut sur le seuil. Le cœur de Thibalt se serra. En face de lui se tenait Alix de Naussac. Son visage aux traits fins doté de grands yeux en amande d'un vert forêt, lumineux, d'un nez droit et fin et d'une bouche pulpeuse, ne montra aucune émotion envers lui. Froide, calculatrice, altière, telle était Alix de Naussac. Plutôt grande, pourvue d'une taille fine et de hanches arrondies, la robe noire austère et triste qu'elle portait, à peine ornée d'une broche à la poitrine, épousait parfaitement ses formes. Ses beaux cheveux châtains étaient maintenus en arrière par deux tresses qui épousaient les courbes de son front et se nouaient sur sa nuque.

Thibalt s'approcha d'Alix lentement, d'un pas détendu. Il ne voulait pas lui montrer qu'il se trouvait là, à la fois pour la prévenir de ce qu'il se tramait à Versailles et pour lui poser des questions.

Alix sourit finement et déclama :

— Thibalt de Montfort ! Que me vaut ce déplaisir ?

Le ton était donné. Thibalt sut qu'il devrait manœuvrer habilement pour inviter Alix à réfréner ses ardeurs, face à la comtesse de Vintimille.

— Alix, je viens te saluer en ami ! Et prendre de tes nouvelles, commença-t-il.

— On a reçu mon dernier pamphlet à Versailles, à ce que je constate, remarqua-t-elle, satisfaite d'elle-même.

Thibalt soupira et l'informa :

— Alix, tu prends beaucoup de risques pour pas grand-chose. La Vintimille est une adversaire beaucoup plus coriace que tu ne crois. Elle ne te laissera pas agir.

— Que crois-tu ? Que je vais me laisser attraper par une gourgandine qui croit détenir tous les pouvoirs ? Et comment pourrait-elle m'atteindre ?

— Elle a une favorite, une jeune femme aux capacités mystérieuses, qui pourrait te trouver et deviner tes prochaines intentions...expliqua Thibalt, d'un ton presque mystique.

Le duelliste frissonna...Il se rappelait Thaïs, reconduite au château et ses bras martyrisés. Du sang se trouvait encore sur le sol de Versailles après son passage et de jeunes domestiques s'étaient fait un devoir de le nettoyer.

— Une favorite...répéta Alix. Tu parles de cette jeune medium, Thaïs de Chancy ? Une comtesse de Lozère, d'après mes sources...

— Tu es au courant ? s'écria Thibalt, de plus en plus surpris.

— Bien sûr que oui ! confirma Alix, avec dédain. Comment crois-tu que j'écris mes pamphlets si je ne suis pas mise au courant de tout ce qu'il se déroule à Versailles ?

— Tu ne devrais pas te méfier d'elle ?

— Ne t'inquiète pas pour moi, Thibalt de Montfort. Thaïs de Chancy ne posera pas longtemps de problèmes. Une lettre de cachet peut résoudre bien des problèmes, surtout qu'elle est prise en considération même si elle est rédigée de manière anonyme.

Ce fut alors qu'une jeune femme apparut face à Thibalt de Montfort. Elle se tint près d'Alix et Thibalt la reconnut. Il en fut si stupéfait qu'il en perdit ses mots.

— Flore de Bois-Brisé ! Vous avez rejoint le culte ? Éructa-t-il.

— Oui, approuva la jeune femme avec exaltation. C'est avec fierté que je sers Madame de Naussac et que je ne laisserai personne perturber notre culte ici, à Versailles. Surtout pas une prétendue médium, dont les visions proviennent du diable.

Thibalt fut réellement atteint par ces mots. Son ancienne amante était devenue le mentor de la jeune fille qui l'avait tant poursuivie de ses ardeurs. Le duelliste plongea ses yeux bleus perçants dans les yeux bruns de Flore de Bois-Brisé. Cette dernière le contempla sans ciller, avec détermination et fierté. Thibalt soupira. Il s'avoua très surpris, mais curieux de voir ce qu'une telle association pourrait donner. Il se décida très vite et murmura :

— Très bien. Alix de Naussac, Flore de Bois-Brisé, je suis venu vous prévenir que Thaïs de Chancy en a après vous et qu'elle fera tout pour protéger la comtesse de Vintimille de vos pamphlets. Le Roi n'attend qu'un faux-pas de votre part pour vous emprisonner. Faites attention.

— Nous vous remercions, très cher, de votre venue et de votre visite. Nous ne manquerons pas de prendre soin de cette chère petite Thaïs de Chancy.

Une voix masculine avait prononcé ces mots. Une voix caverneuse, qui ne souffrait pas d'être contrariée. Thibalt se rendit compte qu'un homme sombrement vêtu était apparu derrière Alix et Flore. Il plissa les yeux. L'homme possédait une belle chevelure dorée et courte, et ses yeux verts minéraux étincelants étaient réellement malaisants. De haute taille et massif d'épaules, on devinait une énergie brute qui ne demandait qu'à être déployée de manière malsaine.

— À qui ai-je l'honneur ? S'enquit Thibalt, d'une voix dangereusement maîtrisée.
— Un ami du culte et compagnon actuel de Madame de Naussac, répliqua l'homme.

Thibalt sourit finement. L'homme ne donnerait pas son nom réel et ni Alix, ni Flore, ne le lui donneraient non plus. Thibalt décida que sa visite était finie.

Le soir tombait, en cette journée, décidément étrange. Le duelliste remonta sur sa monture et sortit. Il avait besoin de retrouver les bras de sa maîtresse, Rose Marsac, afin de se remettre de ses émotions. La vue de cet étrange et bel homme aux côtés d'Alix lui avait inspiré un dégoût et un malaise profonds. Mais il ne savait pas réellement pourquoi.

Thibalt rentra le soir auprès de Rose Marsac et lui raconta ce qu'il avait vu chez Alix de Naussac. La peintre fut étonnée, tout comme lui, de la présence de Flore de Bois-Brisé auprès d'Alix de Naussac.

Ce fut alors que Thibalt eut une réflexion qui surprit une nouvelle fois Rose, puisqu'il s'enquit comme pour lui-même :

— Est-ce que je devrais prévenir Thaïs de Chancy du sort qui risque d'être le sien, si elle s'approche trop près d'Alix de Naussac ?

Le duelliste réfléchit un moment, puis se redressa, attira une Rose émoustillée sous lui, et en conclut :

— Non… On sera débarrassée à la fois du culte et du suppôt de la Vintimille… Tout sera parfait dans le meilleur des mondes.

Rose éclata de rire, pendant que Thibalt lui faisait l'amour avec une ardeur toujours renouvelée.

Ce même soir, Thaïs se trouvait chez la duchesse de Sens, et rencontrait le journaliste Lysandre Saint-Ambroix. L'homme aux yeux rieurs et à la belle moustache fine posa un regard appréciateur sur les formes arrondies de la jeune fille, mais surprit le regard mauvais de la duchesse de Sens. Aussi, il se reprit, toussota et enveloppa Thaïs d'un regard plus professionnel. Il portait ses cheveux noirs bouclés aux épaules, à la mode du siècle de Louis XIII et ne semblait pas vouloir adopter une coupe plus moderne. Habillé de manière fantasque, le journaliste portait deux pistolets à la taille, comme put le noter Thaïs.

Lysandre sourit et observa que Thaïs avait remarqué ses pistolets. Il lui dit :

— Je suis journaliste et j'ai toujours besoin de me protéger, car je déambule dans les rues de Paris et environ pour obtenir mes informations.

— Je comprends. Vous, vous vous protégez et vous, vous ne duellez pas, constata Thaïs.

Lysandre se mit à rire et nota :

— Je ne suis pas un duelliste, comme Thibalt de Monfort, si c'est ce que vous entendez.

Thaïs lui sourit et sirotant lentement un verre de vin, elle commença en baissant la voix :

— Je voulais vous trouver, car je pense que vous pourrez me renseigner à propos d'Alix de Naussac et des Enfants du Jugement Dernier. Je voudrais savoir où ils se cachent et comment je pourrais les faire taire.

Lysandre contempla Thaïs avec une certaine commisération. Il prévint la jeune femme :

— Si j'étais vous, je ne m'approcherais pas trop d'Alix, il se pourrait qu'elle vous fasse enfermer par une lettre de cachet.

— Comment…

— …Je suis au courant ? Acheva Lysandre, souriant. Je suis journaliste et j'ai un espion au cœur même du culte. Je peux même vous dire qu'aujourd'hui, Thibalt de Montfort est allé rendre visite au culte. Il vous a nommée comme personne à abattre à Alix de Naussac.

Thaïs fut si choquée par ces propos, qu'elle ne put parler pendant quelques minutes. Tremblant violemment, elle laissa tomber le verre de vin qu'elle tenait, qui se brisa. La duchesse s'approcha :

— Eh bien, Lysandre, qu'as-tu dit à notre petite invitée pour qu'elle brise un verre de la sorte ?

— Seulement la vérité, mon amie. Je préviens Mademoiselle de Chancy des risques qui pèsent sur sa personne.

— Si une lettre de cachet devait survenir contre Mademoiselle de Chancy, j'irais la défendre, assura à voix haute la duchesse de Sens et j'escompte que tout le monde, ici, fasse comme moi.

— Nous le ferons, proclamèrent plusieurs personnes.

Et Thaïs fut quelque peu rassurée. Mais elle aurait bien aimé savoir qui était la source de Lysandre Saint-Ambroix. La jeune fille en profita pour lui poser plusieurs questions sur le lieu d'habitation d'Alix de Naussac et le journaliste le lui apprit. Sous le coup d'une inspiration venue de nulle part, Thaïs demanda d'une voix inhabituelle à Lysandre Saint-Ambroix :

— N'êtes-vous pas la personne qui imprime les pamphlets de Madame de Naussac, puisque vous êtes journaliste et si bien renseigné sur ses agissements ?
Tous les invités furent surpris par le ton de Thaïs de Chancy, comme si c'était une autre personne qui s'exprimait par sa voix. Lysandre, le premier. Gêné, il répondit :

— Non, ce n'est pas moi qui imprime ces pamphlets, même si je connais très bien ceux qui les impriment. Bien entendu, ce sont des ennemis de la comtesse de Vintimille et du Roi. Mais ce ne sont pas eux votre vrai problème pour l'instant, souligna très justement le journaliste.

Thaïs soupira. Elle savait qui était son problème. Le journaliste continua à lui fournir des informations sur le groupuscule d'Alix de Naussac et ce dernier lui recommanda de ne pas s'aventurer à l'extrémité sud du quartier de Saint-Louis. Thaïs était l'ennemie, tout autant que la comtesse de Vintimille. Elle était encore plus détestée, car ses visions provenaient du diable et non de Dieu, selon Alix de Naussac.
La jeune médium avait, pourtant, une dernière question à poser au journaliste. Elle demanda :
— Est-ce que vous savez si Alix de Naussac a eu des problèmes avec des hommes par le passé... sentimentalement parlant ?
Lysandre considéra la jeune fille d'un œil curieux.

— Non, pas que je sache. Et puis...Alix de Naussac n'est pas femme à se laisser malmener par qui que ce soit.
Cependant, l'œil de Lysandre fut attiré par les bras de Thaïs. Les traces de mutilations s'y trouvaient encore, à peine résorbées. Elles dataient du matin même.

— Comment vous êtes-vous fait cela ? S'enquit le journaliste.

— Oh, ce n'est rien…une manifestation peu agréable de mes capacités, répondit Thaïs, sans trop y attacher d'importance.

Le journaliste n'y fit plus allusion et donna d'autres informations précieuses à la jeune femme sur les membres du groupe des Enfants du Jugement Dernier.

Lorsque Thaïs alla se coucher, elle eut des visions horribles toute la nuit. L'une d'elles fut particulièrement atroce. Elle se trouvait dans la fameuse grange abandonnée où elle avait vu Alix de Naussac être torturée. Et là, ce n'était plus elle, mais des dizaines d'autres jeunes filles qui attendaient d'être mises à mort. Certaines priaient, d'autres appelaient leurs parents. Thaïs hurla lorsqu'une jeune fille fut énucléée puis égorgée. Le rire de son bourreau retentit dans ses oreilles et Thaïs ne s'arrêta plus de hurler. Elle se déchira à nouveau les bras et sa petite servante eut toutes les peines du monde à la calmer. Elle lui fit respirer de force une solution qui plongea Thaïs dans le sommeil. Le médecin de la comtesse de Vintimille avait donné cette solution à la petite servante si jamais Thaïs sombrait de nouveau dans la folie, afin de l'empêcher de se mutiler.

La servante recoucha Thaïs dans son lit et le lendemain matin, elle courut chez la Comtesse de Vintimille prévenir de la nuit horrible qu'avait endurée la jeune médium.

La comtesse de Vintimille se rendit chez sa protégée et se lamenta :

— Oh …Thaïs…dans quelle histoire vous ai-je donc entraînée ?

— Ne vous inquiétez pas…Madame la Comtesse. C'est normal que je vive cela, je suis médium et je peux vous protéger.

Elle avait parlé d'une voix faible. Mais elle dit aussitôt à la comtesse :

— Il faut que vous alliez prévenir le Grand Prévôt. Je dois absolument lui parler.

— Très bien, ma chère, je vais le quérir de ce pas.

La comtesse quitta aussitôt la chambre de Thaïs et se fit conduire chez le Grand Prévôt de Versailles. Monsieur de la Tour-Morte se rendit aussitôt chez Thaïs et fut surpris de l'état dans lequel il la retrouva. C'était comme si elle s'était battue en présence de plusieurs personnes. Mais Thaïs l'assura du contraire. C'était elle seule qui s'était infligé cela. Le Grand Prévôt eut mal pour la jeune fille et lui demanda :

— Pourquoi m'avoir fait quérir ?

— Alix de Naussac est en danger, confia Thaïs à l'officier de police. Il faut la protéger. Elle, et d'autres femmes de Versailles.

— Comment cela ? S'étonna Cléonthe de La Tour-Morte.

— Il y a un homme auprès d'Alix de Naussac et de son groupe. Je ne sais pas de qui il s'agit, exactement. Mais...il enlève, torture et tue des jeunes femmes. Vous devriez chercher les femmes qui ont disparu dans le quartier de Saint-Louis. Il faut l'arrêter...Alix est la prochaine.

— Un tueur de femmes lié au culte...Il ne manquait plus que ça, s'exclama Cléonthe.

Thaïs ferma les yeux, épuisée. Cléonthe la laissa et fit signe à tout le monde de sortir.

Chapitre 3

Alix de Naussac se tenait assise dans ce qui lui servait de bureau en face de la fenêtre de sa demeure. Elle réfléchissait à ce que lui avait dit Thibalt de Montfort concernant Thaïs de Chancy. Si la médium était sur sa piste, le Roi finirait par s'en prendre à elle et même la Reine Marie ne pourrait la protéger.

Une feuille se trouvait devant elle, qu'elle avait noircie d'une écriture élégante. Aucune signature ne figurait sur la lettre. L'homme à la belle chevelure blonde qui était intervenu face à Thibalt de Montfort se tenait derrière elle. Il se pencha sur son épaule pour lire la lettre, puis il contempla Alix d'un œil étonné, lui demandant :

— Tu veux faire enfermer cette petite Mademoiselle de Chancy ?
— Oui, elle devient une épine dans mon pied, répliqua Thaïs.
— Et si tu me laissais m'occuper d'elle ? S'enquit l'homme, sur un ton émoustillé.

Alix frissonna et se retourna. Le soleil du matin de printemps éclairait la chevelure de l'homme qui lui faisait face. On aurait dit un être éthéré s'incarnant parmi les humains, tant le soleil du matin se reflétait dans ses cheveux. Il les portait mi-longs, aux épaules et endossait des habits de couleur claire qui accentuaient cette allure éthérée. Mais ses cheveux étaient la seule chose qui adoucissait son visage. Ses yeux noirs étaient malfaisants. Si bien qu'Alix de Naussac frissonna. Mais si cela pouvait lui éviter d'envoyer cette lettre de cachet, elle acceptait bien volontiers d'envoyer son homme de main s'occuper de Thaïs de Chancy.

Alix soupira et contempla cet homme. Se rapprochant de lui, elle retroussa sa robe et lui présenta sa jambe qu'elle colla contre sa cuisse. L'homme plongea son regard noir dans les yeux verts d'Alix et comprit ce qu'elle souhaitait. Il caressa sa cuisse d'un geste sensuel et prit un couteau qu'il tenait dans la main. Il traça le contour de la cuisse avec la lame, puis il posa ses lèvres sur les lèvres douces et acidulées d'Alix de Naussac. Il lui planta la lame dans la cuisse et entailla celle-ci sur quelques centimètres, suffisamment pour répandre une striée de sang et amener un hurlement sur les lèvres de la dame, qu'il fit taire, en accentuant son baiser.

  Alix jouissait de ce moment. Elle aimait tant la douleur, et cet homme lui procurait le plaisir et la douleur nécessaires à son épanouissement. Et surtout, il allait parfaitement bien avec son culte. Ensemble, ils expiaient leurs péchés auprès de l'aumônier du culte. La Marquise de Naussac nourrit quelques remords de savoir qu'elle allait envoyer son amant à Versailles. Thibalt de Montfort l'avait vu, mais il ne pouvait le relier à rien. Alix de Naussac se demandait ce que son amant ferait subir à Thaïs de Chancy. Cela lui faisait regretter de ne plus avoir droit de cité à Versailles. Dieu merci, ce n'était pas le cas pour Gaël de Sainte-Rivière, l'un des courtisans préférés de la Reine Marie Leszczynska.

  Sa visite à Thaïs de Chancy avait remué le Prévôt de Versailles, Cléonthe de la Tour-Morte. Un tueur de femmes…Il avait la charge de maintenir la ville des Rois dans la sûreté et la tranquillité et il ne pouvait laisser une telle ignominie se produire impunément. Le Grand Prévôt ne pouvait, non plus, laisser une médium résoudre une enquête à sa place. Aussi décida t-il de mener lui-même cette enquête et d'effectuer les missions qui lui incombaient. Il fit venir deux officiers de Châtelet, afin de l'assister, même s'ils ne travaillaient généralement pas ensemble. Or, ils avaient un large terrain à couvrir et Cléonthe ne souhaitait rien laisser passer. Les deux officiers se tenaient devant lui et il leur donna comme directive :

— Messieurs, nous avons du travail en perspective. Nous allons devoir frapper à toutes les portes du quartier de Saint-Louis, afin de savoir si des filles manquent dans les maisonnées. Vous allez interroger tout le monde, je dis bien tout le monde et si vous trouvez quelqu'un qui a une attitude suspecte…

— …On le tue ? Suggéra l'un des deux officiers du Châtelet.

Cléonthe de la Tour-Morte posa un œil sombre sur l'officier qui venait de parler.

— Vous l'appréhendez et vous l'amenez ici pour qu'on l'interroge, recommanda le Prévôt.

— Je plaisantais bien sûr, soupira l'officier.

Cléonthe de la Tour-Morte ne riait pas, lui. Il se trouvait en plein cauchemar, car il allait devoir informer le Roi que sa ville était le terrain de jeu d'un tueur. Les trois hommes sortirent du bureau du prévôt. Ils devaient frapper à toutes les portes des habitations de Versailles, afin que les habitants leur disent s'ils comptaient des disparues dans leurs familles. Cela risquait d'être long et ils n'étaient que trois. Le prévôt, cependant, ne baissait pas les bras pour la sécurité de ses habitants. Il devait, à tout prix, empêcher des horreurs de se produire.

Les jours suivants, Thaïs ne put se consacrer comme elle l'aurait voulu aux recherches concernant l'homme qui se tenait aux côtés d'Alix de Naussac. Or, en ce premier mois de printemps, le Roi souhaitait organiser des fêtes, afin de célébrer le retour des beaux jours. Ainsi, une fête masquée devait se tenir dans la semaine. La comtesse de Vintimille et sa protégée s'y préparaient avec grand plaisir. Cela changeait les humeurs de la comtesse qui était plus heureuse, plus guillerette. Mais cela ennuyait les dévots qui composaient le cercle de la Reine Marie.

— La peste soit de ces dévots, ronchonnait-elle. Ils nous gâchent les fêtes ! Et donc, Thaïs, qu'allez-vous porter ?
— Un costume de renarde, répondit aussitôt la jeune femme, souriante.
— De renarde ? Comme c'est original ! Cela peut signifier plein de chose, répondit en souriant la comtesse de Vintimille.
— Le costume devrait vraiment vous plaire, répliqua Thaïs en souriant.

Les deux jeunes femmes devisèrent gaiement et achevèrent leurs préparatifs pour la fête qui devait avoir lieu bientôt. Ainsi, lorsque le jour arriva, Thaïs fut habillée par sa petite servante, du nom de Jeannette. Thaïs adorait

Jeannette, dont le langage fleuri aux r « roulés » l'enchantait. La jeune fille était originaire du Béarn et elle parlait souvent de retourner chez elle, quand elle aurait suffisamment d'argent pour le faire. Jeannette avait cousu le masque de Thaïs qui était perlé et blanc et qui possédait un museau de renard. Elle portait une perruque poudrée nantie de perles et possédant des oreilles en forme de renard. Et à l'arrière de sa robe, était accrochée une queue de renard également. Jeannette bâtit des mains lorsque Thaïs fut prête et elle tint absolument à ce que sa maîtresse aille s'admirer devant le miroir en pied qui se trouvait dans la chambre de son appartement. Thaïs, la renarde, fut extrêmement satisfaite du résultat et en remercia Jeannette.

Par la suite, Thaïs se rendit chez la comtesse de Vintimille, qui, elle, était grimée en biche. La comtesse sourit à la vue de Thaïs et s'anima :

— Une biche et une renarde ! Nous allons être les reines de ces célébrations, ma chère.

Suivies d'une dizaine de personnes dont leurs amis les plus proches, les deux comtesses se rendirent dans les jardins, où avaient été dressées de grandes tables, accueillant des buffets bien garnis de mets délicieux. Une musique douce se faisait entendre et vingt heures allaient sonner. On se trouvait au milieu du mois d'avril 1739 et les nuits étaient encore fraîches. Il n'était pas rare de voir des dames bien couvertes. Le thème de la soirée était les animaux de la forêt, mais on comptait plusieurs chasseresses de l'Antiquité. Des dames avaient bravé le froid pour porter des drapés antiques qui ne laissaient que peu de place à l'imagination, arborant des masques dorés. Le costume de Thaïs fit sensation. Elle entendit plusieurs fois parler de « l'exquise renarde » qui se tenait près de la comtesse de Vintimille.

Thibalt de Montfort se trouvait à cette fête consacrée aux animaux de la forêt, en compagnie de son amante, la peintre Rose Marsac. Il était grimé en Apollon de l'Antiquité, un masque doré sur le visage et portant lyre et arc. Un costume peu chaud le couvrait très peu et son corps suscitait les remarques émoustillées de nombreuses femmes autour de lui. Rose Marsac se dévoilait, également impudique. Elle s'était vêtue en nymphe de la forêt et des feuilles recouvraient simplement sa poitrine. Mais, Rose Marsac faisait grise mine. Elle constatait que même Thibalt n'avait d'yeux, ce soir-là, que pour « l'exquise renarde » qui accompagnait la Vintimille. La jeune fille rayonnait et Rose se sentit réellement humiliée de constater que même Thibalt ne pouvait détacher ses yeux d'elle. Mais il était assez respectueux de Rose pour essayer de le cacher, aussi lui pardonna-t-elle de bonne grâce. Mais elle se promit de se venger de cette « renarde ».

Thaïs, quant à elle, rayonnait littéralement. Elle se sentait parfaitement à son aise au milieu de tous ces courtisans et elle oubliait un temps les visions d'épouvante que lui causait Alix de Naussac. Le Roi lui fit d'ailleurs compliment et la fit même danser, ce qui attisa la jalousie de certaines courtisanes à son égard. La comtesse de Vintimille n'en prit pas ombrage et elle sourit à Thaïs :

— Je suppose, qu'après cela, vous allez attirer l'attention de certains messieurs. Préparez-vous.

La jeune femme ne le pensait pas, mais elle fut surprise, car ce fut ce qu'il advint. Alors qu'elle prenait un sirop délicieux, un homme au masque doré s'approcha d'elle. Il portait ses cheveux blonds pâle, longs, était grand et doté d'une puissante musculature. Son costume de drapé rouge et doré lui donnait grande allure et une élégance folle, mais ne masquait en rien sa musculature impressionnante. Deux fois plus impressionnant que Thibalt de Montfort qui était plus longiligne que cet homme, Thaïs fut impressionnée. Et se sentit comme une toute jeune fille ne sachant se comporter en société. L'homme sourit derrière son masque. Il demanda :
— Mademoiselle la Renarde, accepteriez-vous de m'accorder les prochaines danses ?

Sa voix était chaude et suave et fit chavirer Thaïs. Elle sentit de nouvelles émotions naître au creux de son ventre et répondit, rougissant violemment :
— Avec plaisir, mais dites-moi, à qui ai-je l'honneur ?

L'homme eut un nouveau sourire et se présenta :
— Je suis Gaël de Sainte-Rivière, Chevalier. Je vis ici, à Versailles. Près des appartements de la duchesse de Sens. Je suis arrivé hier.

Thaïs minauda et s'en voulut. Elle réagissait vraiment comme une oie blanche, alors que même si aucun homme ne l'avait touchée, elle connaissait déjà les prémisses des affaires de cœur. L'exemple de la comtesse de Vintimille lui était familier. Aussi, la jeune fille se laissa-t-elle entraîner par Gaël dans des danses sans fin.

Un homme dansait également avec sa compagne et observa l'homme avec qui la Renarde dansait. Il s'aperçut qu'il lui était vaguement familier et en cherchant bien, il le reconnut ! C'était l'homme qui se trouvait chez Alix de Naussac, hier.

Il fut très surpris de cela et observa le couple que cet homme formait avec Thaïs de Chancy. Cela le chagrina, il ne comprit pourquoi. Mais il les contemplait avec avidité, à tel point que Rose Marsac, lors de leurs danses, lui murmura :

— Thibalt de Montfort, reprends-toi ! Tout le monde est en train de te regarder.

Le duelliste fut ramené dans le présent et se rendit compte que Rose Marsac avait raison. Les courtisans, derrière leurs masques, le contemplaient et on devinait des sourires moqueurs. Or, Thibalt voulait leur crier qu'ils se trompaient. Le duelliste à la chevelure épaisse voulait leur crier qu'un ennemi se trouvait parmi eux et qu'il ne savait dans quel but, cet homme était en train de séduire Thaïs de Chancy.

Le stratagème de Gaël de Sainte-Rivière fonctionna. Âgé de moins de trente ans, contrairement à Thibalt de Montfort, il avait toujours été sûr de lui et de ses capacités à séduire la gente féminine. Arrogant et fier, Gaël était originaire de Versailles, contrairement à tous ceux qu'il fréquentait. Il s'était fort bien trouvé d'habiter au centre de tout dans le Royaume de France. Et surtout, il n'y avait personne qui pouvait l'empêcher de s'adonner à ses occupations macabres.

C'était pour cela qu'il avait rejoint le groupuscule d'Alix de Naussac, dès lors qu'il avait eu vent de son culte. Le culte, il s'en moquait ! Mais c'était un moyen pour lui d'avoir des jeunes femmes à disposition. Elles étaient souvent naïves, dociles et faisaient tout ce qu'il demandait, son titre de chevalier lui apportant le lustre qu'il fallait pour les séduire. Et puis, Gaël agissait. Il les séquestrait tout d'abord, les privant de nourritures, leur disant que leur famille ne les chercherait pas, parce qu'elles avaient fauté avec lui. Il les torturait, tailladant leurs chairs blanches de part en part. Il les aimait bien en chair, car la peau était plus tendre, plus douce. Il s'adonnait avec plus de passion à ses sévices macabres.

Alix de Naussac avait découvert ses agissements et elle était devenue sa complice. Elle l'obligeait juste à se confesser à l'aumônier du culte, qui dégoûté, lui accordait son pardon. Gaël de Sainte-Rivière se déchaînait sur Alix, à la demande de cette dernière, puis reprenait sa chasse. Alix lui avait juste demandé de ne pas s'attaquer à Flore de Bois-Brisé qui avait encore ses entrées à Versailles et dont la sœur, Désirée de Sens, pouvait encore devenir une alliée. Gaël avait jusqu'ici respecté le choix d'Alix.

Et, à présent, il venait de se trouver une nouvelle proie qui semblait plus prometteuse que toutes celles dont il avait pris la vie jusqu'ici. Cette nouvelle proie n'était autre que la compagne de la comtesse de Vintimille. Elle possédait des formes délicieuses, une taille fine malgré tout et il serait ravi de pouvoir tailler dedans.

Thaïs passait une excellente soirée, avec Gaël de Sainte-Rivière comme cavalier. Elle remarqua que les courtisans ne les quittaient pas des yeux et elle ne saurait que trop tard, qu'en réalité, Gaël était un partisan par opportunisme de la marquise de Naussac.

Quant à Thibalt de Montfort, sa jalousie avait été réveillée par la présence de l'homme qui se tenait hier encore, aux côtés de son ex-amante, Alix de Naussac. Il ne se serait jamais douté que Gaël de Sainte-Rivière avait encore ses entrées à Versailles et surtout, qu'il le retrouverait en train de courtiser le suppôt de la Vintimille. Thibalt de Montfort était réellement ennuyé de cette situation, sans qu'il n'en comprenne réellement le sens. Il décida de taire au suppôt de la Vintimille, que la veille, il avait vu Gaël de Sainte-Rivière auprès d'Alix de Naussac.

Après tout, ce Gaël et lui faisaient partie des proches de la Reine Marie à Versailles.

Mais le fait qu'il se trouve près de Thaïs de Chancy toute cette soirée, le perturba durablement.

La nuit du bal des masques, Thaïs de Chancy fut raccompagnée devant la porte de son appartement au château, par Gaël de Sainte-Rivière. Ce dernier ôta son masque devant la porte de la jeune fille et Thaïs admira son visage aux traits durs et figés, mais aux yeux noirs étincelants. Ils contrastaient avec sa crinière blond pâle. La jeune fille se sentit flageolante alors que Gaël de Sainte-Rivière souleva son visage en posant son pouce sur son menton et le ramena vers lui. L'homme déposa alors un baiser sur les lèvres de Thaïs, qui n'émit aucune protestation et embrassa Gaël à son tour. C'était le premier baiser de sa vie et elle apprécia ce moment, à la faveur de la nuit. Elle ne sut jamais que Thibalt de Montfort les avait suivi depuis le parc et avait observé ce baiser. Il en avait conçu une jalousie extrême, qu'il n'avait pas comprise.

Gaël de Sainte-Rivière rentra dans son appartement à Versailles, qu'il avait obtenu grâce à la magnanimité de la Reine Marie. En effet, il l'avait informée de sa volonté de quitter le culte pour rentrer à Versailles. La souveraine l'avait accueillie à bras ouverts.
L'homme marchait tranquillement dans les couloirs, quand il entendit des bruits de pas derrière lui. Il s'arrêta un moment, puis reprit son allure pour se rendre à l'appartement qu'il occupait. Et cet appartement se trouvait près de celui de la duchesse de Sens.

Ce fut ce dont se rendit compte Thibalt de Montfort, alors qu'il venait de suivre Gaël de Sainte-Rivière dans Versailles. Le duelliste se reprocha amèrement sa conduite. Qu'était Thaïs de Chancy pour lui ? Absolument rien. Si ce n'était qu'il se méfiait de cet homme blond qui avait semblé emporter son cœur. D'abord Alix de Naussac, puis Thaïs de Chancy. Une partisane de la Reine Marie, puis une partisane de la Favorite de Louis XV. Quel étrange revirement chez cet homme. Et surtout, Thibalt s'en voudrait de savoir que quelque chose pourrait arriver à Thaïs par sa faute, s'il gardait le silence.

Il décida d'attendre et de voir comment cet homme allait agir.

Gaël de Sainte-Rivière savait que Thibalt de Montfort était l'homme qui le suivait ce soir-là. Qui d'autres ? Il était attiré, malgré lui, par cette petite Renarde. Mais, malheureusement pour le duelliste, Gaël avait pris l'avantage et il se ferait un plaisir à taillader la chair délicieuse de Thaïs de Chancy. Peut-être Thibalt de Montfort irait se consoler dans les bras d'Alix de Naussac et deviendrait un allié ? Gaël de Sainte-Rivière eut un rire fou alors qu'il s'imaginait une Thaïs terrorisée entre ses mains.

Les jours suivants le bal de printemps, Cléonthe de La Tour-Morte avait avancé dans son enquête. Il avait interrogé plusieurs familles du Quartier de Saint-Louis, issues de toutes les strates sociales. Il s'était arrêté chez un blanchisseur, chez un forgeron, plusieurs agriculteurs. Ils avaient confirmé avoir entendu plusieurs histoires au sujet de jeunes filles disparues. Il s'agissait pour la plupart de filles recueillies dans des couvents alentours, qui servaient comme aide-ouvrière. Elles s'étaient évaporées et n'étaient jamais revenues. Cléonthe avait frappé également à la porte d'une famille noble qui jouxtait le quartier pauvre. On lui ouvrit et ce fut un père de famille éploré qui reçut le Grand Prévôt de Versailles. Le père de famille apprit à Cléonthe de la Tour-Morte que sa fille aînée, Ninon, avait disparu. Cette dernière venait tout juste de fêter ses dix-neuf printemps et vivait au Couvent : elle avait pris l'habit de postulante. Malheureusement, un soir de l'hiver dernier, alors qu'elle rentrait au Couvent, elle n'avait plus donné signe de vie. Elle n'avait qu'une maigre distance à parcourir, pourtant elle restait introuvable. Le regard fermé et sombre, Cléonthe de la Tour-Morte avait compati à la douleur du père de famille et lui avait promis que lui et les officiers du Châtelet rendraient la justice pour sa Ninon. Il lui avait demandé par la suite s'il avait entendu parler d'autres disparitions. Le père de Ninon lui avait soufflé que le culte de la Marquise de Naussac comptait plusieurs disparues. Cela n'avait pas enchanté le Prévôt qui avait réuni ses deux hommes et leur avait dit :

— Bien, à présent, nous allons nous rendre dans le repère des Enfants du Jugement Dernier. Surtout, je vous recommande de ne pas vous éloigner de moi pendant que j'interrogerai la Marquise de Naussac. Je ne pourrais rien faire pour vous, si d'aventures, vous veniez à disparaître.

— Nous saurons nous garder, soyez sans crainte et menez votre enquête, répliqua l'un des deux officiers.

Cléonthe de la Tour-Morte hocha la tête et se rendit donc à l'extrémité sud du Quartier de Saint-Louis, chez la

Marquise de Naussac. Cette dernière sortit, alors que Flore de Bois-Brisé, paniquée, venait de lui annoncer que le Prévôt désirait la voir. Soupirant profondément, elle en devinait la raison. Fière et altière, elle calma Flore, pendant qu'elle allait voir Cléonthe. Ce dernier la salua galamment, même s'il ne descendit pas de sa monture. Les deux autres officiers l'imitèrent.

— Monsieur le Prévôt, que me vaut l'honneur ?
— Des disparitions de femmes m'ont conduit jusqu'ici. On m'a dit que certaines de vos coreligionnaires avaient disparu. Me confirmez-vous ce fait ?
— Oui, je le confirme, mais ce sont des choses qui arrivent. Malheureusement, on n'y peut rien, soupira Alix de Naussac.

Le Prévôt la contempla d'un air indéfinissable. Puis il demanda, plutôt brutalement :
— Combien de jeunes filles ont disparu ?
— Cinq au total, lui apprit Alix.
— Il me faut une liste avec leurs noms, leurs âges, leurs origines. J'attends ici.

Alix de Naussac rentra dans la bâtisse aux fissures dans le mur, importantes. Flore était dans tous ses états. Alix posa la main sur ses épaules et recommanda :

— Va te réfugier à Versailles, chez notre alliée et surtout ne te fais pas voir. Préviens-la de ce qu'il se passe. Évite surtout Thibalt de Montfort !

— Je ne me ferai pas repérer…Mais voulez-vous que je prévienne Gaël de Sainte-Rivière ? S'enquit Flore, déterminée.

— Oui, préviens-le et dis-lui de faire vite, concernant Thaïs de Chancy. J'ai l'impression que c'est à elle que nous devons la présence du Prévôt ici.

Flore hocha la tête, rabattit la capuche de sa cape bleu nuit et sortit par une porte dérobée. Alix regarda par la fenêtre. Le Prévôt attendait la liste et ne semblait pas vouloir partir. Alix soupira et se mit à rédiger la lettre concernant les disparues du culte. Mais, invariablement, elle mettait Gaël en danger. Elle espéra qu'il mettrait rapidement son plan à exécution et qu'il partirait se cacher après.

Thibalt recroisa Thaïs quelques jours après le bal. Il se demandait encore s'il devait lui dire que Gaël était un suivant de la Marquise de Naussac. Quant à Thaïs, elle se demanda si elle devait apprendre à Thibalt ce rêve qu'elle avait fait concernant Alix. Elle décida, à la vue de l'air arrogant du duelliste, qu'elle n'en dirait rien. Thibalt salua Thaïs et se pencha pour murmurer :

— Alors, il paraît que vous vous laissez approcher par Monsieur de Sainte-Rivière, vous une proche de la Vintimille ?

— Apparemment…murmura Thaïs, guillerette. Mais je ne comprends pas pourquoi cela vous préoccupe ? Ne suis-je pas un suppôt de la Vintimille ?

— Peu me chaut ! répliqua Thibalt. Mais je dois dire que vous êtes mal assortie avec Monsieur de Sainte-Rivière. Il préfèrerait quelqu'un de plus haut titré et de moins en chair !

À ces mots, les joues de Thaïs s'empourprèrent. Il devrait arrêter de l'attaquer sur son physique. Elle crispa les poings et serra les dents. Puis elle répliqua :

— Monsieur de Sainte-Rivière n'est pas comme vous ! Il aime bien mes formes…Il dit, qu'au moins, il y a de quoi se mettre sous la main. Si vous voulez bien m'excuser…

Thaïs le bouscula d'un coup d'épaule et passa la tête, sous le regard des courtisans dont certains avaient entendu ce qu'elle avait répliqué à Thibalt. Ils se mirent à ricaner en contemplant le duelliste, mais le regard qu'il leur lança les invita à se taire. Thibalt de Montfort n'était pas homme que l'on pouvait défier impunément. Mais le duelliste se demanda, une nouvelle fois, la raison pour laquelle cette nouvelle fréquentation de la comtesse de Chancy le taraudait et mettait ses nerfs à rude épreuve. Il n'aurait pas la réponse avant un certain temps et cela le désarçonnerait plus que n'importe quoi d'autre auparavant.

Cette nuit-là, Thaïs rêva d'Alix de Naussac et du même homme à la voix caverneuse vêtu de noir. Alix criait. Elle était démembrée. L'homme lui arrachait un bras, plongeant la jeune femme dénudée et attachée sur une planche, dans l'inconscience. Puis il s'occupait de lui arracher l'autre bras. Thaïs hurlait au diapason d'Alix de Naussac. Elle se réveilla angoissée et Jeannette dut la prendre dans ses bras. Le jour suivant, Thaïs se rendit auprès du lieutenant Cléonthe de la Tour-Morte. Le Prévôt était préoccupé et dit à Thaïs :

— Ne vous approchez pas d'Alix de Naussac les prochains jours. Même après ce que vous avez vu. Elle va savoir qu'on la soupçonne et que nous sommes après elle. D'ailleurs, si vous le permettez, je pensais à un plan pour pousser celui qui enlève ces femmes à se dévoiler. Mais pour l'instant, regardez…est-ce que quelque-chose vous vient quand vous prenez ce papier ?

Le Prévôt tendit à Thaïs un papier sur lequel étaient inscrits les prénoms des cinq jeunes femmes qui avaient disparu, issues du culte des Enfants du Jugement Dernier. Thaïs prit la feuille et lut à voix haute les noms :

— Denise d'Oisemont, Florine de Mantis, Apolline de Feuilleval, Lisette de Mareville, Marie-Christine de Sauges…que des jeunes filles n…

Thaïs n'eut pas le temps d'achever sa pensée. Elle plongea aussitôt dans l'horreur. Elle se retrouva nue, attachée à une poutre de la cabane qu'elle avait déjà vue dans ses visions concernant Alix de Naussac. Elle criait, mais elle s'étouffait dans son sang. Sa langue, elle hurla face au Prévôt, puis s'évanouit, alors que le même individu masqué vêtu de noir, se penchait pour lui couper la langue. Le Prévôt soupira…Il venait de comprendre quel avait été le sort de toutes ces disparues. Et il se disait que lourde était la tâche de Thaïs de Chancy, qui vivait ces atroces souffrances. L'officier de justice prit les sels qu'il avait prévus au cas où la jeune femme s'évanouirait et lui fit respirer. Thaïs se réveilla et haleta :

— J'étais…Marie-Christine de Sauges. Ce monstre, il lui a arraché la langue, parce qu'elle hurlait trop.

Thaïs tremblait. Et le Prévôt la laissa se remettre. Puis, il lui dit :

— Maintenant, le plan. Si vous aviez du respect pour moi, quand vous êtes rentrée dans cette pièce, je vous demande de vous y accrocher.

Thaïs sourit à cette phrase du prévôt.

Cependant, Cléonthe de la Tour-Morte lui expliqua que le Roi et lui s'étaient concertés afin d'amener à Versailles, les Enfants du Jugement Dernier. Quoi de mieux qu'une réconciliation entre la maîtresse royale et la Reine Marie, pour amener ces derniers à quitter leur tanière et se trouver à Versailles. Nous pourrons les réunir, les emprisonner. Et également, un mariage devrait être organisé pour couronner cette réconciliation entre la Reine Marie et la maîtresse royale.

Jusqu'ici, rien de tout cela ne choqua Thaïs. Cependant, il était dit que la suite ne lui ferait pas le même effet.

— Et donc, vous et moi, allons être ceux qui vont se marier, laissa tomber Cléonthe de la Tour-Morte.

À ces mots, Thaïs se mit debout comme un ressort et cria :

— Il en est absolument hors de question !

— Rappelez-vous, raccrochez-vous au respect que vous aviez pour moi. Ce n'est pas un vrai mariage ! C'est un faux mariage. Nous ne serons liés en aucune façon et quand cela sera achevé, vous et moi pourrons reprendre le cours de nos vies sans que rien ne se soit passé. Thaïs réfléchit. Apparemment, le Roi et le Prévôt s'étaient mis d'accord et la mettaient dans une position assez périlleuse. Mais Thaïs pensa à la jeune Marie-Christine de Sauges et aux douleurs affreuses qu'elle avait subies. Elle finit par accepter.

— Il faudra donc faire le maximum pour que celui qui tue ces jeunes filles se montre ce jour-là, car il est certain qu'il se trouve à Versailles.

— Vous pouvez compter sur moi, lui assura Thaïs.

— Tant mieux, parce que lorsque vous sortirez de ce bureau, nous serons officiellement fiancés. Je sais que vous vous êtes rapproché de Monsieur de Sainte-Rivière, mais…

— Il faudra que je le tienne à distance, acheva Thaïs.

Elle soupira profondément et au moment de sortir, le Prévôt lui fit un baisemain. Il lui dit :

— Il faudra m'appeler Cléonthe devant tout le monde, si nous voulons jouer le jeu.

— Très bien, Cléonthe.

Lorsqu'elle sortit du bureau du Prévôt, ce dernier se rassit dans son fauteuil, soupirant. Il ne l'avait pas dit à Thaïs, mais après avoir recueilli les noms de ces cinq jeunes filles et de plusieurs autres jeunes filles, il en était ressorti qu'elles avaient toutes fréquenté, plus ou moins longtemps, Monsieur de Sainte-Rivière. Monsieur de Sainte-Rivière était tout comme Thibalt de Montfort, l'un des favoris de la Reine Marie. Celle-ci le protègerait envers et contre tout et il fallait que ce dernier se fasse prendre la main dans le sac, afin que le Prévôt puisse l'arrêter.

Le Roi avait décidé que Thaïs de Chancy serait l'appât, afin de mettre toute cette comédie en place. Et lui, le Grand Prévôt de Versailles, qui avait une mission de justice et de police, se devrait de veiller sur elle. Il s'en était énormément voulu de ne pas avoir pu protéger toutes ces jeunes filles. En réalité, il n'avait donné que le nom des cinq jeunes filles aristocrates disparues du culte des Enfants du Jugement Dernier, mais il y en avait plus que ça. Des dizaines, des centaines d'autres. L'homme terrorisait la ville de Versailles, bien avant que le Roi et lui ne se rendent compte qu'un assassin s'en donnait à cœur joie sur leur territoire.

Le Grand Prévôt se promit de protéger Mademoiselle de Chancy jusqu'à la fête pour leur « mariage », qui aurait lieu dans une semaine très exactement. Et, à ce moment-là, le Grand Prévôt serait prêt pour la suite.

Thaïs de Chancy quitta le bureau du Grand Prévôt et se rendit à Versailles, encore sonnée par l'annonce de son mariage avec ce dernier. Un faux mariage, cela allait de soi, mais il lui faudrait jouer la comédie. La jeune fille n'aurait jamais soupçonné que son étrange pouvoir allait la mettre dans cette situation, mais elle était prête à tout pour sauver toutes ces jeunes filles. Aussi, lorsqu'elle entendit une voix masculine lui souhaiter ses félicitations pour ses épousailles, elle sursauta, mais joua parfaitement son rôle.

Et de tous, il fallait que ce fût lui qui lui souhaitât ses félicitations en premier lieu.

Thibalt de Montfort se tenait face à elle et la dominait de toute sa taille. Les yeux bleus perçants du croquemitaine la scrutaient, comme s'ils attendaient une explication de sa part. Surprise, Thaïs lui lança sur un ton exaspéré :

— Auriez-vous oublié que je suis le suppôt de la Vintimille ? Pourquoi me demander des explications et pourquoi devrais-je y répondre ?

— Vous avez raison, je n'ai aucune explication à vous demander…mais…je vous prie de m'excuser, acheva très rapidement Thibalt.

Il partit aussitôt, laissant une Thaïs perplexe.

Elle se demanda ce qu'il lui avait pris, d'autant plus qu'ils n'étaient liés en aucune façon.

Le duelliste avait pensé, quant à lui, que l'union de Thaïs de Chancy et de Gaël de Sainte-Rivière serait bientôt annoncée, mais il s'était trompé lourdement. On mariait Mademoiselle de Chancy à son ennemi de toujours, le Grand Prévôt de Versailles, Cléonthe de la Tour-Morte. Ce dernier était le seul homme contre lequel il n'avait jamais duellé.

Le reste de la journée se passa très étrangement pour le duelliste. Le Grand Prévôt était du parti de la Reine et il avait du mal à imaginer que ce dernier eut pu épouser une petite jeune fille provinciale issue du cercle de la Vintimille. Il lui semblait que quelque chose clochait, surtout lorsqu'il se rendit chez la Reine Marie. Cette dernière n'eut d'autres mots à la bouche que le mariage de Cléonthe de la Tour-Morte et de Thaïs de Chancy. Thibalt écouta avec attention ce qu'elle en disait :

— Le Roi demande que tous les aristocrates recensés à Versailles soient de la fête la semaine prochaine. Alix de Naussac et les siens devront donc être présents. Je dois me charger moi-même de les inviter.

La Reine avait dit cela en maugréant et Thibalt comprit que le mariage du Grand Prévôt et de la favorite de la Vintimille cachait une tout autre intention qu'une simple union. Le Roi souhaitait rassembler tous les dissidents sous une unique bannière, la sienne.

D'autres personnes furent surprises par l'union annoncée de Mademoiselle de Chancy et de Monsieur de La Tour-Morte. Ces personnes étaient Gaël de Sainte-Rivière et Flore de Bois-Brisé qui se trouvait à Versailles et faisait le lien entre ce qu'il se déroulait à Versailles et le

Culte des Enfants du Jugement Dernier. Flore, lorsqu'elle apprit ce qu'il se passait et qu'elle entendit des rumeurs disant que le Roi requérait la présence de tous les aristocrates sans exception lors de la cérémonie, se rendit dans le repère d'Alix de Naussac.

Cette dernière fut surprise de voir Flore et la réprimanda :

— Enfin, je t'avais demandé de rester cacher à Versailles.

— On ne doit pas se montrer là-bas, Madame, supplia Flore. Le Roi va en profiter pour dissoudre le culte et nous faire enfermer.

Alix posa ses yeux verts sur son jeune bras droit et la savait encore plus déterminée qu'elle. Elle lui sourit douloureusement car Flore avait toute la vie devant elle et elle se dévouait pour le culte, après avoir commis des erreurs en poursuivant Thibalt de Montfort de ses assiduités. La jeune Marquise soupira et montra à Flore la lettre qu'elle avait reçue. Il s'agissait d'un courrier de la Reine et Alix informa Flore :

— Nous devrons nous y rendre, pourtant. La Reine a choisi de ne pas nous soutenir, si nous n'exécutons pas la volonté du Roi.

Flore serra les poings et une immense colère s'empara d'elle. La jeune fille ne put supporter que la souveraine abandonne le culte des Enfants du Jugement Dernier, alors qu'elle s'était servie d'eux pendant si longtemps. La jeune fille retourna à Versailles dans la nuit, couverte d'une cape ample et posa un regard vengeur sur le château. Cette Thaïs de Chancy attirait trop l'attention sur elle. Elle allait devoir la punir.

Un autre homme que Thibalt de Montfort décida de demander des explications à Thaïs de Chancy. Et cet homme était Gaël de Sainte-Rivière. Il attendit Thaïs, un soir, alors qu'elle rentrait de sa journée en compagnie de la comtesse de Vintimille. La jeune femme se sentit comme piégée face à lui et son regard fermé la blessa. Cependant, elle ne pouvait rien révéler. Ce serait trahir le Roi et le Grand Prévôt qui avaient tout mis en œuvre pour capturer l'assassin qui sévissait à Versailles.

Gaël de Sainte-Rivière était réellement en colère contre Thaïs de Chancy, même s'il couchait avec Alix de Naussac. Il nourrissait quelques sentiments pour la jeune médium et se dégoûtait de cela, car non seulement elle venait de province, alors que lui était originaire de Versailles, mais en plus elle était de plus basse extraction que lui. Gaël se détestait, mais cette Thaïs de Chancy avait du pouvoir sur lui. Il décida alors d'y mettre un terme, définitivement. Il lui demanderait des explications ce jour, mais il la supprimerait. Il venait de le décider. Il la tuerait, en serait triste, certes, mais il reprendrait le cours de sa vie comme avant. Il la tuerait le jour de ses épousailles pour bien faire. Elle aurait quelqu'un, son époux, pour la pleurer. Gaël se trouva magnanime, mais toujours en colère, il demanda des explications à Thaïs.

— Pourquoi cela, Thaïs ? Pourquoi épousez-vous le Prévôt ? Nous étions en si bon chemin, tous les deux.

La jeune femme fut surprise de ce ton si dur de Gaël de Sainte-Rivière. Elle décida alors de jouer son rôle du mieux qu'elle le put. Elle décréta d'un ton ferme :

— Parce qu'il s'est déclaré avant vous et qu'il est un parti plus que convenable pour moi. Et il a beaucoup d'allure !

Son ton était convaincant, songea-t-elle. Le Roi pourrait la remercier de s'être impliquée dans cette mission, mais elle se surprit à être soulagée d'avoir remis Gaël de Sainte-Rivière à sa place. Il l'avait embrassée, mais il ne lui avait jamais parlé de lui faire la cour. Il n'avait donc aucun droit sur elle.

L'homme quitta Thaïs de Chancy en étant furieux. Il se promit de la faire souffrir.

Chapitre 4

Durant la nuit de l'annonce du mariage de Thaïs et de Cléonthe de la Tour-Morte, un incident survint dans la vie nocturne de Thibalt de Montfort et de Rose Marsac. Il se trouvait dans la demeure de la peintre à Versailles, située près du Couvent et la proximité de ces femmes pieuses éveillait la concupiscence de Thibalt, qui souhaitait, à tout prix, être considéré comme un « danger » pour la vertu des jeunes religieuses.

Une fois que Rose et lui eurent joui et se retrouvèrent alanguis dans le lit, l'esprit de Thibalt divagua et il ferma lentement ses yeux bleus.

Il se retrouva alors dans un lieu inconnu, une grange abandonnée aux fissures importantes. Il était entravé au mur, des fers lui barrant les jambes. Mais quelque chose remua à ses côtés. Il tourna lentement la tête et la reconnut ! Thaïs de Chancy. Mais elle était dans un état catastrophique. Son visage pâle se posa sur lui, ses yeux myosotis ne s'ouvraient presque plus et elle était ensanglantée. Il n'y avait pas une seule partie de son visage qui n'était pas abîmé ou tailladé. Une grande marre de sang commençait à s'étaler sous elle et Thibalt craignit qu'elle ne meure. Il avait les mains libres et arracha une partie de sa chemise à jabots afin de nettoyer le sang sur le visage de la jeune femme qui respirait fort. Il se surprit à caresser doucement ses cheveux blond pâle et lui murmurer :

— Thaïs, restez avec moi ! Nous allons sortir, je vais vous faire sortir. Restez avec moi…
— Il sera bientôt trop tard…murmura Thaïs avec peine. Il va revenir et va me faire du mal, répliqua la jeune femme.

Thibalt serra les poings et se concentra sur son environnement afin de voir s'il ne pouvait pas trouver un outil pour se débarrasser de ses fers, mais ils étaient tous hors de portée. La situation était périlleuse. Il allait peut-être mourir ici, mais avant, il devrait assister à la torture qu'on infligerait à la jeune femme.

Sans réfléchir à ce qu'il faisait, le duelliste se tourna vers elle et posa ses lèvres sur les siennes. Les yeux de Thaïs s'ouvrirent en grand, mais elle s'aperçut qu'elle répondait ardemment au baiser du duelliste. Contre ses lèvres, elle lui demanda sur un ton saccadé :

— Thibalt, si jamais cet homme revient, promets-moi de me tuer. Regarde l'état dans lequel il m'a mis…Je ne pourrais pas supporter d'autres tortures.

Thibalt ne répondit pas. Thaïs posa son front plein de sueur sur la joue du duelliste, qui tenta de rester de marbre et de ne pas montrer qu'il redoutait tant ce qu'il allait arriver. Aussi, il releva de ses mains le visage de Thaïs, lui caressa la joue et l'embrassa profondément, accentuant son baiser, qu'elle partagea avec passion. Le duelliste s'écarta d'elle et plongea son regard dans le sien, lui posant une question silencieuse. Thaïs comprit et sentit que c'était peut-être là, la dernière fois qu'elle le verrait vivant. Aussi, elle souffla :

— Oui, je le souhaite.

Thibalt, alors, se pencha vers elle et alors qu'elle basculait sur le dos, s'offrant à lui, le duelliste, malgré ses entraves aux jambes, parvint à se glisser jusqu'à elle. Alors qu'ils étaient en train de se donner l'un à l'autre, ils furent interrompus par une voix moqueuse. Thibalt quitta aussitôt le corps de Thaïs et se mit devant elle pour tenter de la protéger. La voix disait :

— Eh bien, je vois que vous avez trouvé une façon tout à fait délicieuse de vous réchauffer et de vous occuper pendant notre absence.

Thibalt et Thaïs se regardèrent. Thaïs venait de reconnaître la voix :

— Gaël de Sainte-Rivière ! Souffla-t-elle.

Elle fut si apeurée qu'elle planta ses ongles dans les bras de Thibalt qui grimaça, mais ne dit rien. Il devait conserver les quelques forces qui lui restaient pour les sauver, lui et Thaïs de cette situation. Or, l'homme ne se trouvait pas seul. Une silhouette se tenait à ses côtés et dévoila son visage. Alix de Naussac ! Songea Thibalt. Le visage de celle-ci était méconnaissable. Ses traits étaient tordus par la malfaisance et par la haine.

Au moment où Thibalt allait s'adresser à Alix de Naussac, une voix l'appela :

— Thibalt ! Thibalt ! Réveille-toi !

Au moment où la voix l'appelait, il se réveilla et se trouva toujours étendu sur le lit de Rose Marsac. Cette dernière se tenait sur le ventre, l'observant et lui caressait doucement le torse. Thibalt la repoussa gentiment et se redressa, encore pétrifié par son rêve. Il se passa une main dans les cheveux et surprit le regard malicieux de Rose. Elle constata :

— On dirait que je te fais de l'effet, même quand tu rêves.

Thibalt mit un bref instant à comprendre ce qu'elle disait. Lorsqu'il se réveilla, il était poisseux et constata qu'il avait joui une nouvelle fois. Il se nettoya avec une serviette que lui tendit Rose Marsac, qui s'amusait beaucoup de cette situation. Mais le duelliste ne l'accompagna pas dans son amusement. Ce rêve l'avait réellement effrayé et aussi, le fait qu'il avait fait l'amour à Thaïs de Chancy le désarçonnait complètement. Il ne faisait jamais de rêves érotiques, car il était plutôt mieux loti que la plupart des hommes qu'il connaissait de ce côté-là. Il tenta de se rendormir, mais il ne pouvait s'empêcher de penser à deux choses. Thaïs avait-elle fait ce rêve puisqu'elle était médium ? Et Gaël de Sainte-Rivière était-il un assassin de femmes ?

Dans un appartement réservé aux courtisans à Versailles, Thaïs de Chancy poussa un cri d'effroi, lorsqu'elle se réveilla en sueur. Elle venait de faire un rêve érotique qui semblait si réel, qu'elle en tremblait encore. Or, lorsqu'elle pencha la tête vers son intimité, elle découvrit, mortifiée, qu'elle avait aimé ce qu'elle avait vécu auprès de Thibalt de Montfort. Elle rougit violemment en pensant qu'elle le recroiserait très souvent à Versailles et se demandait si elle parviendrait à le saluer normalement, après ce qu'ils venaient de faire dans son rêve. Elle aurait aimé savoir si le duelliste avait eu le même rêve, mais c'était si embarrassant de lui poser la question. Elle préféra ne pas s'aventurer sur ce terrain-là. En revanche, il y avait autre chose qui l'inquiétait bien plus qu'un rêve érotique et c'était le fait que Gaël de Sainte-Rivière était probablement l'assassin de toutes ces femmes. Mais, il lui fallait plus de preuves que cela. Elle ne pouvait dire maintenant à son « fiancé » le Prévôt et le Roi, que Gaël de Sainte-Rivière était possiblement un tueur de femmes. Il lui fallait plus de preuves et Thaïs sut comment elle allait les obtenir. Il suffirait qu'elle l'aborde en lui faisant miroiter monts et merveilles. S'il était bien celui qu'elle pensait qu'il était, il adorerait poser sa main sur sa chair et imaginer le terrible sort qui l'attendrait.

Thaïs soupira. Quelquefois, elle maudissait son pouvoir qui l'empêchait de vivre une vie paisible. Mais, si elle pouvait veiller à ce que des femmes ne subissent pas un sort violent, ce serait bien de l'utiliser dans ce sens.

Aussi, Thaïs se décida à aborder Gaël de Sainte-Rivière, le jour suivant. L'homme se tenait dans les jardins, à deviser avec des amis qu'il avait quittés il y a quelques temps pour le culte des Enfants du Jugement Dernier. L'homme haussa un sourcil de surprise, lorsqu'il se rendit compte que Thaïs de Chancy s'approchait de leur groupe et eut un fin sourire. « Peut-être a-t-elle compris son erreur et peut-être a-t-elle décidé de se montrer plus que coopérative », songea-t-il, émoustillé. L'homme salua ses amis, leur promettant de les recevoir pour dîner, puis s'approcha de la jeune femme aux hanches larges et aux yeux myosotis si étranges. Il lui sourit :

— Mademoiselle de Chancy, que me vaut cet honneur ?

Thaïs le contempla d'un œil séducteur puis énonça d'une voix suave :

— Nous avons peut-être pris une mauvaise tournure, l'autre jour. Je propose que nous continuions de nous fréquenter, mais plus...discrètement. Qu'en dites-vous ?

Gaël de Sainte-Rivière en fut étonné. Devait-il comprendre qu'elle lui proposait une liaison secrète ?

Il en fut surpris, mais il agréa, plus excité que jamais, de braver tous les interdits. Il allait finir par la posséder et la tuer...Et quelle prise pour un favori de la Reine, que de mettre fin à la vie de la favorite de la comtesse de Vintimille ? L'homme aux cheveux blonds sourit à la jeune femme et se pencha vers elle :

— Avec plaisir ma chère comtesse de Chancy ! Je vous ferai quérir, afin que nous nous rencontrions dans un endroit plus discret.

Thaïs le gratifia d'un sourire coquin, puis le quitta, en lui lançant une œillade énamourée, si bien que Gaël de Sainte-Rivière en fut réellement surpris. Se pouvait-il qu'elle eût décidé de suivre la voie des femmes mariées esseulées à Versailles, qui se consolaient dans les bras d'un amant disponible ? Or, le mari de la comtesse était le Grand Prévôt lui-même, dont on disait qu'il ne fallait pas le considérer comme une force négligeable. Gaël devrait donc se méfier, tout en ne résistant pas au plaisir de fréquenter sa petite comtesse. Mais il devrait bien s'y prendre quand viendrait l'heure de mettre un terme à son existence, aussi se décida-t-il à prendre beaucoup de plaisir à ce qu'il comptait infliger à sa jeune amante.

Un homme avait assisté à toute cette scène, caché derrière un buisson. Cet homme, c'était Thibalt de Montfort. Elle ne pouvait avoir rêvé la même chose que lui, c'était impossible. Elle fréquentait Gaël de Sainte-Rivière assidûment, l'annonce de ses fiançailles ne l'avait même pas réfrénée dans ses agissements. Thibalt serra les poings et se maudit d'avoir pu penser que Thaïs courait le moindre danger. Il se demanda même s'il devait la prévenir au sujet de Gaël de Sainte-Rivière. Vexé par ce qu'il avait vu, le duelliste décida qu'il ne lui révèlerait rien.

Ce qu'il ignorait, c'est que Thaïs avait vécu le même rêve que lui et que fréquenter Gaël de Sainte-Rivière était le seul moyen pour elle de le confondre.

Le temps s'écoula lentement jusqu'à la fête de mariage organisée par le Roi pour Thaïs qui aurait lieu la deuxième semaine d'avril 1739. Le roi Louis XV était enchanté de la tournure des choses. Dans le secret de son bureau, il avait assuré au Grand Prévôt qu'il serait ravi d'enfermer tous les participants au culte des Enfants du Jugement Dernier, mais d'arrêter également le tueur de femmes. Il n'avait pas lésiné sur les moyens de réaliser cette fête et il avait même exigé de la Reine Marie qu'elle fasse de même, ainsi que tous ses favoris, incluant les membres du culte. La Reine Marie se désolait beaucoup de cela.

Quant à Thibalt, il se trouva nez-à-nez avec Thaïs, alors que cette dernière se rendait chez la comtesse de Vintimille. Il fut gêné un temps et détourna ses yeux de Thaïs, tandis que cette dernière rougit violemment à la vue du duelliste, mais elle se morigéna intérieurement et se reprit :

— Monsieur le duelliste, quelle surprise. Je ne vous avais pas vu depuis quelques jours, fit-elle remarquer.
— Vous êtes trop occupée à fréquenter Gaël de Sainte-Rivière et Monsieur de La Tour-Morte, pour avoir le temps de me croiser, fit remarquer Thibalt, d'un ton doucereux.

Thaïs se retint de le gifler. Son cœur se contracta douloureusement à cette phrase, car elle venait de se rendre compte qu'elle ressentait quelque chose pour le duelliste. Depuis ce maudit rêve, en réalité. Mais elle n'avait pas eu le temps d'explorer ses sentiments. Ils étaient enfouis par la peur sincère qu'elle ressentait à chaque fois qu'elle se trouvait en compagnie de Gaël de Sainte-Rivière. Elle priait ardemment pour que ce ne soit pas les derniers jours de son existence lorsqu'elle se tenait auprès de lui. Aussi, répondit-elle à Thibalt, un peu trop brusquement :

— Mais que croyez-vous ? Vous vous figurez que je suis une femme de peu de vertu à fréquenter ces hommes ? Vous ne vous imaginez pas combien de femmes ont été portées disparues à Versailles, ces derniers temps. J'aide, à ma façon, monsieur le duelliste et votre morale au rabais ne pourra me faire changer d'avis !

Puis elle le quitta la tête haute et alla prendre son service auprès de la comtesse de Vintimille.

Aussitôt, Thibalt s'en voulut. Lorsqu'il avait mentionné le nom de Gaël Sainte-Rivière, il avait vu la peur dans les yeux de la jeune femme. Il se demanda, alors, si finalement, ils n'avaient pas fait le même rêve ou si ses capacités de médium ne lui avaient pas permis de se rendre compte que ce dernier était un assassin.

Quant à Thibalt, il décida d'observer plus attentivement les mouvements autour de Gaël de Sainte-Rivière à Versailles. Il souhaitait savoir, si, depuis que ce dernier avait regagné les lieux, il avait contacté Alix de Naussac et si oui, comment. Le duelliste voulait avoir des certitudes concernant les révélations de son rêve étrange, aussi, il décida d'obtenir les preuves à sa façon. Il protègerait Thaïs, si jamais le chevalier constatait que la jeune femme était en danger imminent. Discrètement, Thibalt se rapprocha des amis de Gaël de Sainte-Rivière, qui lui apprirent que ce dernier fréquentait le cercle de la duchesse de Sens. Thibalt connaissait la jeune femme libertine, qui ne faisait partie d'aucune faction, ni de celle de la Reine, ni de celle des Enfants du Jugement Dernier.

Or, son intuition se révéla payante, car lorsqu'il arriva devant l'appartement de la duchesse de Sens, il se rendit compte que la jeune sœur de cette dernière, Flore de Bois-Brisé, se cachait parmi ses dames de Cour et parmi les courtisans qui fréquentaient son cercle, Gaël de Sainte-Rivière était l'un des plus assidus.

Les jours suivants, Thibalt veilla près de l'appartement de la duchesse de Sens. Il aurait pu demander à faire partie du cercle, étant donné que des partisans de la Reine fréquentaient la duchesse, mais il n'osa pas, car Flore de Bois-Brisé et lui avaient eu de mauvaises interactions par le passé.

La patience de Thibalt fut récompensée, car Flore sortit à la tombée de nuit, se couvrant la tête. Le duelliste poursuivit Flore et l'arrêta, alors qu'elle se rendait chez Gaël de Sainte-Rivière.

Flore se retrouva face à Thibalt de Montfort, l'homme pour qui elle avait eu une passion dévorante, alors qu'elle n'avait que seize ans. La jeune fille contempla l'homme, visiblement courroucée. Il lui rappelait une personne qu'elle n'était plus. Elle cracha, furieuse :

— Que me veux-tu, Montfort ? Je ne t'ai plus adressé la parole depuis des années !

— Peu m'importe ta vie sentimentale, Flore de Bois-Brisé, mais je suis curieux de savoir ce que tu trames avec Gaël de Sainte-Rivière. Ne prépares-tu pas un mauvais coup avec les Enfants du Jugement Dernier, pour le mariage de Thaïs de Chancy et Cléonthe de La Tour-Morte ?

— Et si cela était avéré, que comptes-tu faire Thibalt de Montfort, tu ne peux rien prouver ! Cracha à nouveau Flore de Bois-Brisé.

— Certes, non, je ne peux rien prouver. Mais une lettre de cachet est toujours trop rapidement envoyée et rien ne me ferait plus plaisir que d'en préparer une pour toi, remarqua suavement Thibalt. Allons ! Avoue, que complotes-tu avec Gaël de Sainte-Rivière.

— Rien qui vaille une lettre de cachet ! répliqua Flore sur le même ton. Thaïs de Chancy est toujours en vie, à ce que je sache et il en sera toujours ainsi.

— Il vaudrait mieux, répliqua sombrement Thibalt.

La nuit tombait et Thibalt se rendit compte du visage diabolique de Flore. Il en ressentit un profond dégoût et se résolut à la tuer, si jamais elle commettait l'irréparable.

Flore de Bois-Brisé retrouva Alix de Naussac la nuit, alors que celle-ci se trouvait dans la chapelle qu'elle avait érigée dans sa demeure pour le culte. Alix se tourna alors que Flore entrait dans la chapelle et se découvrit. Flore déclara :

— Gaël te transmet comme message, qu'il va s'occuper de Thaïs de Chancy. Elle ne sera plus une épine dans notre pied.

— Bien, approuva simplement Alix. Nous allons l'y aider et aussi…

— Oui ? releva Flore.

— Nous devrions nous occuper de Thibalt de Montfort, toi et moi, acheva Alix.

Flore se jeta dans les bras de son mentor et s'écria, extatique :

— Enfin...je croyais que ce jour n'allait jamais arriver.

Alix sourit, mais masqua une réelle inquiétude à Flore. Elle connaissait le duelliste. Il adorait la vie et les armes à feux et même s'ils avaient été amants, la marquise et officiante du culte savait qu'il les tuerait avant d'être tué.

Le jour de son mariage approchait et Thaïs de Chancy se disait qu'elle devait rapidement prouver que Gaël de Sainte-Rivière était celui qui tuait toutes ces jeunes femmes. Thaïs devait agir vite et comme Gaël ne semblait pas lui proposer de rencontre, elle décida de la provoquer elle-même. Aussi, elle décida d'aller se poster face à son appartement à Versailles. Gaël de Sainte-Rivière y apparut alors que minuit venait de sonner. Thaïs se montra et ce dernier fut très surpris de trouver la jeune médium devant sa porte. Il fut tenté de la supprimer dès ce soir. Il observa autour de lui, il n'y avait personne dans cette partie du château à cette heure tardive. Tout le monde se trouvait chez la duchesse de Sens, qui proposait une partie de jeux d'argents à ses amis. Gaël était rentré tôt, car il commençait à perdre de grosses sommes d'argent et ne voulait pas s'endetter encore plus. Il fut vraiment surpris de trouver Thaïs face à lui et sourit, se disant qu'il allait finir cette soirée de la manière la plus agréable qui soit.

Gaël sourit en s'approchant de Thaïs.

— Mademoiselle de Chancy, vous voilà peu discrète et bien audacieuse. Les gens vont jaser.

— Laissons-les jaser ! répliqua la jeune femme. Me laisserez-vous donc entrer chez vous ?

— Entrez donc ! Je vous en prie…

Thaïs entra. Elle était certaine qu'elle ne perdrait pas sa vertu ce soir, car Gaël de Sainte-Rivière n'était pas celui que lui avait assigné le Destin. En revanche, elle était quelque peu inquiète. Elle venait de se jeter dans la gueule du loup la tête la première et ne savait pas si elle en ressortirait indemne. Son intuition lui indiquait que tout se passerait bien. Elle devrait juste marcher sur des œufs. Elle fut étonnée, lorsqu'elle entra dans l'appartement de Gaël. Plutôt sobre, quelques livres trônaient sur un bureau, tandis que le salon ne comportait qu'un sofa et un tapis onéreux. Une petite table de bois complétait cet étrange lieu. Un tableau représentant la Crucifixion trônait sur le mur en face de la porte d'entrée. Thaïs devinait que le salon donnait sur une antichambre où le maître des lieux devait prendre ses repas. Une petite cuisine était adjacente à l'antichambre et après l'antichambre, la chambre du maître des lieux. Gaël invita Thaïs à s'installer sur le sofa et ôta son habit de fête, ne portant qu'une chemise à jabot qu'il entrouvrit. La jeune femme le regardait faire et tentait de repérer les objets qu'elle pourrait subtiliser afin d'utiliser ses capacités de médium. Gaël de Sainte-Rivière plongea son regard appréciateur sur le décolleté de la jeune femme. Puis, il s'assit à côté d'elle sur le sofa, défit le nœud qui retenait ses cheveux blond pâle et laissa sa chevelure couler sur ses épaules. Thaïs le contempla. Il était réellement beau, mais elle se dit qu'il avait la beauté du diable.

L'homme posa les jambes de Thaïs sur les siennes, ôta ses chaussures et ses bas, puis retroussa ses jupes d'une main experte. Thaïs se laissa faire, puis elle demanda :

— Vous ne m'offrez pas à boire ?

L'homme sourit et déclara :

— Oh, mais pardonnez-moi, je manque de manières.

Gaël partit donc chercher du vin pour Thaïs et lui. Pendant ce temps, Thaïs agit vite. Elle se leva précipitamment, afin d'observer son environnement. Elle repéra un mouchoir propre, qui avait glissé de l'habit de Gaël. La jeune femme s'en empara et le glissa dans son corsage. Elle avait accompli la première partie de son plan. Maintenant, elle devait réellement se sortir de la situation. Elle décida de remettre ses bas, puis ses chaussures et elle décida de fuir lâchement, avant que Gaël ne revienne avec le vin.

Gaël revint de la cuisine, sans les verres de vin. Il souriait, satisfait qu'elle soit partie. Il lui avait offert une échappatoire, afin qu'elle puisse s'éclipser sans encombre. Elle ne devait pas mourir ce soir finalement, car Gaël était trop fatigué. Faire disparaître le corps lui aurait demandé des ressources physiques qu'il n'avait pas ce soir-là.

Thaïs rentra, tremblante dans son appartement Versaillais. Elle ne sut jamais que Thibalt l'observait, alors qu'il rentrait lui-même de chez la peintre Rose Marsac. Il se cacha et ne sut pourquoi ses pas l'avaient amené jusque chez Thaïs. Il avait bien fait. Il observa ses mains tremblantes et son visage terrifié, alors qu'elle ouvrait la porte de chez elle. Le duelliste se demanda pourquoi elle rentrait à cette heure de la nuit. Il n'aimait pas la savoir seule, si tard, errant dans Versailles. Pas avec un tueur de femmes qui sévissait.

Dans son appartement Versaillais, un soupir vint à Thibalt alors qu'il se glissait nu dans ses draps. Il se disait que Thaïs avait tout d'une victime sacrificielle. Elle lui faisait penser à Iphigénie, la fille d'Agamemnon, qu'aimait Achille, que l'on avait sacrifiée sur le bûcher, pour que la flotte Grecque puisse partir à Troie. Thaïs de Chancy avait cette même aura sacrificielle. Thibalt ne sut pourquoi, mais il avait réellement envie de la protéger. Il n'aimait pas l'idée qu'elle soit le jouet des Grands de ce monde, souhaitant son sacrifice, afin de démanteler un culte dévoyé à Versailles.

La jeune femme, quant à elle, eut du mal à trouver le sommeil, cette nuit-là. Sa servante Jeannette fut réveillée par les tremblements incontrôlables de Thaïs. Jeannette se leva et serra sa maîtresse dans ses bras. Elle dit :

— Allons, Mademoiselle de Chancy, ça va aller. Je vais vous préparer de la camomille et vous allez dormir.

— M...merci, Jeannette, approuva la jeune femme.

Elle devait se calmer et tenter de ressentir ce qu'elle pourrait du mouchoir qu'elle avait trouvé chez Gaël de Sainte-Rivière. Elle but la camomille que lui tendait la jeune fille et finit par sombrer du sommeil du juste.

Le jour suivant, alors que pour un mois d'avril, la journée semblait froide et venteuse, Thaïs se leva tôt et fit ses ablutions. Puis, une fois habillée chaudement, d'une robe de couleur gris pâle, elle prit le mouchoir qu'elle avait obtenu chez Gaël de Sainte-Rivière. Elle se concentra sur sa respiration et soudain, un immense frisson la parcourut.

Elle fut emportée dans la cabane aux multiples fissures. Un dégoût d'horreur l'emplit lorsqu'elle sentit l'odeur de sang et de mort. Puis, elle comprit. Elle incarnait Denise d'Oisemont. Un hurlement s'échappa de ses lèvres, lorsque l'immense homme en noir se pencha sur elle. Cette fois, il portait un masque sinistre au bec d'oiseau, mais mû par une intuition, il l'enleva. Encore plus horrifiée, Thaïs de Chancy reconnût Gaël de Sainte-Rivière. Ses yeux étaient fous, son expression était celle du plaisir toujours renouvelé. Il utilisa une sorte de couteau à double-lame et l'enfonça dans l'épaule de Denise. Thaïs hurla par l'entremise de la jeune femme nue et entravée. C'était toujours la même façon de faire pour Gaël de Sainte-Rivière qui transperçait le corps de ses victimes entravées. Il adorait voir le bout de la lame s'enfoncer lentement dans les chairs de sa victime et prélevait même un bout de peau pour le sentir.

Thaïs ferma les yeux, mais elle voyait quand même. Elle revivait l'enfer de Denise d'Oisemont.

Lorsque cette vision d'horreur cessa, Thaïs portait plusieurs certitudes en elle. Gaël de Sainte-Rivière était bien le monstre qui s'attaquait à ces jeunes femmes, et elle ne devait surtout pas se retrouver seule en sa compagnie. Ils devaient établir un plan avec Cléonthe de la Tour-Morte pour capturer Gaël le jour de leur mariage.

Puis, elle sortit et se rendit chez le Grand Prévôt. Il fallait qu'elle lui confirme ses soupçons. Elle le trouva, assis à son bureau, pensif. Elle haussa un sourcil et l'interrogea du regard. S'asseyant en face de « son fiancé », ce dernier lui sourit et lui apprit :

— La mère de Denise d'Oisemont est morte aujourd'hui, de chagrin. Elle ne mangeait plus depuis que sa fille avait disparu. Son mari a bien essayé de lui dire que nous allions tout faire pour retrouver le monstre qui a fait ça, mais cela n'a pas suffi.

Le Prévôt poussa un profond soupir et Thaïs se mit à pleurer sans bruit. C'était peut-être pour cela qu'elle avait rêvé de Denise cette nuit. Sa mère venait de mourir et Gaël de Sainte-Rivière venait de faire deux victimes. Aussi, la jeune femme se décida très vite à parler à Cléonthe :

— C'est Gaël de Sainte-Rivière, l'assassin, asséna-t-elle, sûre d'elle.

Cléonthe de la Tour-Morte tomba des nues. Il n'avait jamais pensé à cet homme, qui faisait partie du Culte des Enfants du Jugement Dernier et qui semblait pieux. Mais...cela pouvait coller au choix des victimes.

Seul des hommes de la noblesse auraient pu fréquenter des jeunes femmes issues de ce même milieu et les enlever sans attirer l'attention. Sous prétexte de se choisir une épouse, ces hommes pouvaient paraître charmants et sans menaces pour des parents souhaitant un bon mariage pour leurs enfants. De plus, il n'avait eu aucune raison de penser que quelqu'un issu du culte pouvait être à l'origine de ces meurtres. Il s'agissait de personnes pieuses, qui menaçaient le pouvoir certes, mais ne comptant pas de monstres dans leurs membres. Cléonthe fulmina :

— Le Roi et moi, nous avions prévu de faire arrêter tous les membres du culte ce jour-là et de les faire emprisonner. Nous le ferons, mais maintenant, nous allons devoir mettre un terme à la vie d'un meurtrier sans foi ni loi. C'est une toute autre histoire.

Thaïs approuva silencieusement. Elle venait de donner au Grand Prévôt de Versailles la clef qu'il lui manquait pour arrêter un meurtrier. Mais Thaïs restait l'appât. Ses capacités lui permettraient peut-être de mettre un terme à la vie d'un assassin.

Puis, le jour de la fête pour le mariage de Thaïs approcha. Cette dernière devenait de plus en plus nerveuse au fur et à mesure que le temps passait et s'appliquait à éviter Gaël de Sainte-Rivière, ainsi que Thibalt de Montfort. Elle ne devait pas se laisser intimider ni distraire par ce dernier, d'autant qu'elle avait revécu la scène dans la cabane plusieurs fois. Elle se réveillait toujours au moment où Gaël les interrompait, alors que Thibalt et elle…Cela ennuyait Thaïs d'être interrompue de cette façon, car à ce moment précis de son rêve, elle était parfaitement heureuse de ce qu'elle vivait, même si c'était dans des conditions d'horreur absolue. Chaque fois que ses yeux myosotis croisaient les yeux bleus perçants du duelliste, Thaïs se détournait avec froideur, ne laissant rien paraître des émotions qui l'habitaient. Mais…plus d'une fois, elle aurait voulu s'approcher de l'homme et lui demander si, parfois, il rêvait la nuit.

Et pour Thibalt, c'était le cas. Il rêvait. Il rêvait qu'il s'unissait à Thaïs de Chancy, alors que c'étaient les pires conditions pour cela. Un tueur allait faire du mal à la jeune femme sous ses yeux, mais l'adrénaline qui emplissait le duelliste, lui donnait un peu plus de courage à chaque fois et il réfléchissait à la manière dont il pourrait se libérer de ses entraves. Or, il se réveillait toujours au moment où Thaïs hurlait sous les mains de son agresseur et lui hurlait au diapason pour lui demander de la libérer.

Une autre personne s'amusait beaucoup des préparatifs enfiévrés qui prenaient place à Versailles, dans l'optique de cette fête entre l'union d'un prévôt vieillissant et d'une jeune courtisane sans fortune. Il s'agissait d'Alix de Naussac. Obligée par la Reine Marie d'assister à la fête avec tous les membres du Culte, la marquise dévoyée s'en donnait à cœur joie pour salir la réputation de la jeune protégée de la Vintimille. Des pamphlets étaient distribués par centaines où l'on salissait la réputation de la jeune fille, mais les officiers de police parvenaient à s'en saisir et à les brûler. Cela courrouçait la marquise qui hurlait de rage dans sa chapelle personnelle.

En effet, Cléonthe de la Tour-Morte avait déployé un dispositif jamais vu à Versailles, afin de contenir le culte dans la ville. Les Enfants du Jugement Dernier, dont les membres étaient contrôlés par les services de police, ne pouvaient franchir les frontières de la ville. Alix de Naussac et ses membres étaient piégés.

La marquise sentait que sa fin était proche. Elle priait beaucoup et demandait à Dieu de l'accueillir quand il serait temps. Elle passait beaucoup de temps à dire à ses coreligionnaires d'appliquer la rigueur que l'on attendait des vrais représentants de l'Église. Elle ne reconnaissait pas les prêtres et les officiants du culte Romain, les jugeant trop ostentatoires. C'était en cela que sa pratique différait des pratiques normales pour une chrétienne. Aussi, Alix de Naussac s'adonnait à tous les interdits possibles alors que le jour du mariage du prévôt approchait. Plus rien d'autre ne comptait que de détruire les décadents qui se trouvaient à Versailles et qui nuisaient à la Reine Marie. Elle, elle avait le droit de commettre tous les vices, elle estimait qu'elle avait suffisamment prié et servi Dieu pour toute la vie.

Un jour, alors que Gaël de Sainte-Rivière venait la visiter, elle enroula sa jambe autour de la cuisse de son amant et lui susurra à l'oreille :

— Fais-moi mal.

Gaël sourit et enfouit sa main dans les cheveux châtains de son amante et traça le sillon de son cou et de ses épaules saillantes avec un doigt. L'homme accéda bien volontiers à sa demande et vécut une après-midi faite de délires, délices et mort, comme il n'en vivrait plus jamais.

Chapitre 5

Un jour d'avril 1739, deuxième semaine du mois.

C'était le jour des célébrations pour l'union de Cléonthe de la Tour-Morte et de Thaïs de Chancy. Bien sûr, ils ne se *mariaient* pas, mais on célébrait une future union pleine de promesses pour les deux concernés.

Ce jour-là, le temps était frais et calme. Aucune perturbation n'était prévisible et la lumière froide d'avril berçait le château de Versailles. Les fleurs de printemps conféraient une atmosphère toute particulière à Versailles. L'on célébrait la fête pour Thaïs de Chancy dans les jardins et tout ce qui se vivait à Versailles, restait à Versailles.

La jeune fille s'était réveillée le matin même, essoufflée. La sueur perlant sur son front, elle tremblait car elle venait encore de vivre son rêve dans les bras de Thibalt. Cette nuit-là avait été plus intense que les autres et la jeune fille savait pourquoi. C'était aujourd'hui que les membres du culte allaient être arrêtés.

Thaïs se leva, dépitée tout de même d'être l'objet de toutes les attentions. Elle nettoya son visage avec de l'eau chaude que lui avait apportée Jeannette pour l'aider à faire sa toilette. Elle prit son temps et écouta le babillage de la jeune femme qui était enthousiaste pour Thaïs. Or, elle était loin d'être dans cet état d'esprit. Elle voulait parler à Thibalt de son rêve. Elle voulait trouver le duelliste et lui demander si lui-même ne rêvait pas. Elle avait l'impression que c'était bien le cas, au vu des réactions de ce dernier dans son rêve, qui évoluaient. Il se montrait de plus en plus fou de désir pour elle et voulait la protéger à tout prix. Thaïs s'en remettait à lui, mais elle se réveillait toujours alors que Gaël de Sainte-Rivière l'emmenait pour mettre un terme à son existence.

Elle décida d'aller trouver le duelliste peu avant que son heure n'arrive. Elle marchait rapidement dans les couloirs de Versailles et arriva devant sa porte à laquelle elle frappa vigoureusement. Surprise que quelqu'un vienne à cette heure, Thibalt ouvrit. Il était torse nu, les cheveux en batailles. Thaïs le contempla un bref instant et il maugréa :

— Mais que faites-vous ici, Thaïs de Chancy ? Vous n'y pensez pas ! Le jour de votre union.

Il la prit par le bras et la fit aussitôt entrer. La jeune femme était dans un état second et leva le visage vers lui, troublée. Thibalt ne prit pas la peine de se vêtir et il la considéra attentivement.

— On va finir par jaser, Thaïs de Chancy. Que...
— Est-ce que vous rêvez ? demanda-t-elle, finalement.

Thibalt s'en était douté. Cette nuit, ils avaient rêvé en même temps. Ce n'était pas possible autrement. Lui avait été des plus dévoués, une attitude qui le caractérisait si peu. Mais il l'avait désirée, au point qu'il en avait joui une nouvelle fois. Il s'était réveillé plein de sueur et de tourments et était heureux de la décision qu'il avait prise de ne plus dormir auprès de Rose Marsac, tant que cette histoire ne serait pas achevée.

Mais il ne pouvait dire à une jeune femme qui allait se marier avec le Prévôt de Versailles qu'il avait rêvé d'elle. Pas le jour où on célébrait la fête de son union.

Aussi, il mentit délibérément.

— Non, je ne rêve pas...ou sinon de Rose Marsac.

Ces mots atteignirent Thaïs, aussi fortement que le poignard qu'aurait pu plonger dans son cœur Gaël de Sainte-Rivière. Elle baissa la tête et ferma les yeux, puis offrit un regard dur au duelliste, avant de s'en retourner. Il n'avait prononcé qu'une seule phrase, et ne lui avait rien dit de plus. Il l'avait détruite en une seule phrase. Alors qu'elle rentrait dans son appartement et que dix heures allaient sonner, Thaïs se mit à pleurer à chaudes larmes.

Toutes les tensions qu'elle avait accumulées s'évacuaient à ce moment-là. Jeannette, sa servante, apparut et fut ébranlée de la voir ainsi. Elle supplia :

— Mademoiselle de Chancy, je vous en supplie. Les festivités vont bientôt commencer, il faut vous calmer. Allons, je vous en supplie ! Votre maquillage.

Thaïs écouta Jeannette et se reprit. Après tout, il fallait qu'elle se concentre. Grâce à elle, on arrêterait Gaël, ce tueur de femmes. Il ne fallait pas qu'elle se rende malade pour ce duelliste. Thaïs acheva ses préparatifs et une fois prête, elle releva la tête. Elle demanda quelque chose d'étrange à Jeannette, un peu gênée :

— Pourrais-tu m'apporter un verre de vin, s'il te plaît ?
Jeannette sourit et demanda :
— Rouge, rosé ou blanc ?
— Partons pour du blanc, répliqua Thaïs en souriant.
Jeannette partit chercher du vin blanc pour Thaïs, qui devait se rendre à 9h30 dans les jardins de Versailles. Neuf heures venaient de sonner. Thaïs soupira. Une demi-heure plus tard, Jeannette posa gravement la main sur l'épaule de Thaïs pour la prévenir. C'était l'heure. Thaïs soupira et se leva. Elle attacha avec une broche sa cape chaude, posée sur la robe de couleur mauve qu'elle arborait. Une couleur étrange pour une fête, mais ni le Roi, ni son « fiancé » ne s'étaient opposés à son choix.

Jeannette songea que sa maîtresse était vraiment belle. Plantureuse, mais belle, et sa perruque blanche poudrée accentuait sa pâleur.

Thibalt était prêt à se rendre aux jardins. Mais, en son for intérieur, il se maudissait de n'avoir pas dit à Thaïs qu'il rêvait aussi. Il avait eu la confirmation qu'elle faisait le même rêve que lui, c'était extraordinaire comme nouvelle. Cela l'avait fait vaciller. Mais il devait se reprendre. Elle allait se marier…Au Grand Prévôt…Et surtout, il l'avait vue sortir un soir de chez ce Gaël de Sainte-Rivière. Il n'avait encore eu aucune explication concernant cet épisode. Et il ne pouvait s'attacher à elle. Sa relation avec Rose comptait encore pour lui, mais il ne pouvait nier qu'il était troublé par la jeune femme. Du désir ou quelque chose de plus profond, il ne le savait pas.

Lorsqu'il quitta son appartement de Versailles, Thibalt ne pouvait pas s'imaginer que la suite de sa journée serait, en partie, l'incarnation du rêve qu'il vivait auprès de Thaïs.

Alors qu'il se rendait aux jardins de Versailles, il assista à une scène qui lui fit reprendre ses esprits. Il fallait agir vite. Alors qu'il déambulait dans les couloirs vides de monde, car tous se trouvaient dans les jardins, il aperçut une silhouette féminine se diriger vers le premier étage en courant, un pistolet à la main. Un homme bien habillé la suivait à toute vitesse, et Thibalt constata alors que la femme se dirigeait vers appartements de la duchesse de Sens. La précipitation de la femme fit tomber la capuche qui couvrait son visage, et Thibalt découvrit alors Flore de

Bois-Brisé. Cette dernière arrêta sa course folle au sommet des marches. Thibalt entendit l'homme qui la poursuivait crier :

— Police du Roi ! Rendez...

L'homme n'eut pas le temps de finir sa phrase que Flore avait tiré. Thibalt observa l'homme s'arrêter et s'effondrer brutalement sur les marches, mort sur le coup.
Thibalt se trouvait près de chez la Duchesse de Sens. Il sortit son pistolet de sa ceinture et courut vers Flore. Il se trouva fort heureux sur le moment. Il allait enfin se venger de ces moments où Flore lui avait gâché la vie. Or, il voulait savoir ce qu'elle manigançait, mais pour l'heure il n'avait pas le temps.
Elle venait de tuer un homme sous ses yeux, il devait la mettre hors d'état de nuire.
Il arriva au premier étage près de Flore, puis il hurla :

— Flore ! Il est temps de recommander votre âme à Dieu !
— Vous en premier ! Cracha la jeune femme. Les membres de notre culte ont tous décidé de faire de cette journée un véritable enfer pour Thaïs de Chancy et les partisans de la Vintimille.

Thibalt hésita un temps. Après tout, il était comme elle du parti de la Reine. Mais il ne pouvait résister à l'idée de se venger de la jeune femme. Aussi, il s'avança à découvert, rapidement. Un duelliste chevronné comme lui ne pouvait se laisser atteindre par une péronnelle. Il courut jusqu'à elle et tira un premier coup de feu qui l'atteignit à l'épaule. Flore s'effondra. Secouée par la douleur, elle haleta :

— Vous n'y pourrez rien, Thibalt de Montfort ! Nous avons des hommes partout et je suis bénie ! Si vous me tuez, je monterai directement au Ciel auprès de Notre Seigneur.
— Eh bien ! Vous allez vous y rendre tout de suite, de fait ! Adieu, Flore.

Sans hésiter, Thibalt tira une balle entre les yeux de Flore de Bois-Brisé, qui mourut sur le coup. Il n'en conçut aucun remords, mais il reporta son attention sur le policier en civil. Il ne comprenait pas. Pourquoi ces hommes se trouvaient-ils ici ? Il décida d'aller prévenir le Prévôt que les choses tournaient mal et qu'il devait mettre tout le monde en sûreté.
Mais alors qu'il se mettait en chemin, un tir l'atteignit à la jambe et le coupa dans son élan. La douleur était si intolérable, qu'il tomba à genoux. Il fut réellement surpris. Il s'était tant empressé de mettre un terme à la vie de Flore qu'il n'avait pas fait attention à cet imprévisible adversaire. Alors qu'il levait ses yeux bleus perçants sur son ennemi, il reconnut la duchesse Désirée de Sens.

— Vous êtes mon prisonnier, Montfort ! Allons, vous pouvez encore vous déplacer ! Levez-vous, misérable vermine. Vous avez détruit la vie de ma sœur, mais elle ne sera pas morte en vain.

Thibalt sourit amèrement. Alors que la musique s'élevait dans les jardins, ses pensées allaient à Thaïs de Chancy. Il ne pourrait pas la secourir. Il espéra que Cléonthe de La Tour-Morte saurait protéger sa future épouse.
Thibalt eut du mal à se lever, mais il s'y contraignit et suivit péniblement la duchesse qui avait subtilisé ses armes. « La peste soit des sœurs de Bois-Brisé », songea-t-il.

Alix de Naussac vivait de grands moments dans les jardins de Versailles. Elle saluait des personnes du cercle de la Reine Marie, alors que la matinée allait enfin commencer. Un homme du culte la salua discrètement parmi un groupe de courtisans du Roi. Ce dernier, vêtu d'un habit blanc et doré, se tenait fièrement, en compagnie de son État-Major et de la Reine près de lui. Le Prévôt, Cléonthe de la Tour-Morte se tenait très fier près de la jeune Thaïs de Chancy, entourée par la comtesse de Vintimille et ses partisans. Alix jubilait en pensant que, bientôt, cette jeune femme qui se disait « médium » allait mourir. Elle l'observait avec un mépris inusité. Elle était armée et se disait qu'elle ferait bien de lancer les hostilités assez rapidement.
Cléonthe de la Tour-Morte contempla Thaïs qui avait passé sa main sous son bras et le serrait. Le Prévôt se pencha vers elle et murmura :

— Allons, rassurez-vous…Nous avons des agents un peu partout. Nous ne devrions pas être la cible de menaces directes.

— Je ne suis pas sûre que l'on soit tellement en sécurité, répliqua la jeune femme, fébrile.

Soudain, quelqu'un attira l'attention de Thaïs dans la foule. Bien qu'elle soit camouflée, Thaïs reconnut Alix de Naussac. La jeune médium frissonna et resserra son emprise sur le bras de Cléonthe de la Tour-Morte, qui l'interrogea du regard. Thaïs lui apprit :

— Alix de Naussac…Elle est dans la foule. Si vous aviez vu son regard…

Thaïs frissonna et Cléonthe de la Tour-Morte plissa des yeux, inquiet. Ce fut alors que des cris d'horreur résonnèrent depuis le château, ce qui eut pour effet de déclencher un vaste mouvement de foule.

Le Roi, inquiet, regarda le Prévôt, tandis que celui-ci sortait son arme. Ce fut alors qu'un coup de feu résonna et que Thaïs reçut du sang sur le visage. Le Prévôt se tenait la poitrine et déjà le sang se répandait sur lui. Il posa ses mains sur les épaules de Thaïs et s'effondra sur le sol. La Reine hurla :

— Sainte-Vierge, protégez-nous !

À ces mots, le Roi ordonna d'évacuer les jardins. Les policiers en civils se découvrirent, tenant leurs pistolets à bout de bras et tirant sur Alix de Naussac, qui courut se réfugier derrière des statues, accompagnée de ses partisans.

La comtesse de Vintimille se mit à hurler :

— Thaïs ! Thaïs ! Venez, je vous en supplie.

Thaïs allait rejoindre la comtesse de Vintimille qui était en train d'être évacuée, lorsqu'on l'en empêcha. Elle sentit le canon d'un pistolet contre son dos.

— Ma chère Mademoiselle de Chancy, et si vous me suiviez bien gentiment ?

Thaïs frissonna lorsqu'elle s'aperçut que Gaël de Sainte-Rivière était celui qui la tenait en respect. Elle n'avait d'autres choix que de le suivre, au milieu des courtisans qui hurlaient de détresse et qui essuyaient les tirs entre les officiers de police et les membres du Culte des Enfants du Jugement Dernier. On évacua le corps du prévôt vers le château. Puis, Thaïs s'aperçut que sa tenue était maculée du sang de celui qui était censé la protéger et qui venait d'être tué. La jeune femme ne put s'extraire à l'étreinte de Gaël de Sainte-Rivière. Il la maintenait contre lui, sans lui laisser la possibilité de bouger. Thaïs devait suivre Gaël de Sainte-Rivière et il la tenait si étroitement, qu'elle volait plus qu'elle ne marchait. La dernière chose dont elle fut témoin lors de l'attaque du château ce fut Alix de Naussac qui tirait des coups de feu et qui les rejoignait, alors qu'elle était emmenée de force.

Thaïs se mit à prier, alors qu'elle était emmenée en tant que captive. Elle espérait pouvoir s'en sortir indemne, mais ses forces s'amenuisaient, et elle avait peur. Le rire fou de Gaël de Sainte-Rivière vrillait ses oreilles. Elle pensa à son père Étienne, sa belle-mère Émilie, et ses frères et sœurs. Elle ferma les yeux et continua à prier, alors qu'elle sentait que le groupe s'éloignait de Versailles.

Thaïs se rendit compte qu'on se dirigeait vers la forêt de Fausses-Reposes et se dit que c'était, finalement le lieu idéal pour cacher des corps. Elle se dit également que ce devait être le lieu idéal de chasse pour Gaël de Sainte-Rivière. Elle l'imaginait, détacher les jeunes femmes, et leur proposer de fuir dans la forêt. Mais, comme elles étaient faibles et dans l'incapacité de courir, elles étaient aussitôt capturées. La jeune femme serra les dents et s'empêcha de hurler, afin de se concentrer sur son environnement.

Gaël de Sainte-Rivière finit par arriver devant une cabane d'aspect délabré, en plein cœur de la forêt. Le soleil ne passait pas à travers les arbres dont la hauteur couvrait le ciel. Les ombres s'étendaient malgré le soleil et la cabane s'accommodait de cet environnement lugubre. Le sol était frais, accidenté et comportait un amas de branches cassées qui empêchait de marcher correctement. Gaël de Sainte-Rivière entra dans la cabane, suivie d'Alix de Naussac. Les deux se mirent à rire de satisfaction. Une grande table de bois composait le seul meuble de cet endroit, tandis que des outils étaient accrochés à des clous sur les murs. Thaïs frissonna. C'était là le lieu de son rêve. Mais il n'y avait pas…

Et soudain, elle le vit. Thibalt de Montfort ! Il était assis à même le sol, dans son bel habit noir et doré. Ses yeux étaient fermés, ses cheveux noirs collaient à son visage et du sang coulait de son front. Il était blessé ! Thaïs offrit un regard empli de haine à ses agresseurs. Elle cracha :

— Croyez-vous que vous allez pouvoir continuer à agir ainsi? Le Roi est parfaitement au courant de vos agissements. Il va finir par vous arrêter.

Gaël de Sainte-Rivière se mit à rire et s'approcha de Thaïs, lui caressant le visage. Elle essaya de s'écarter, dégoûtée par la proximité de Gaël. Ce dernier répliqua :

— Croyez bien que je me moque de ce qu'il va m'arriver. J'aurai pu profiter de vous, et mettre un terme à la misérable existence de ce déplorable duelliste.

Puis, Gaël posa la main sur l'épaule de Thaïs et lui enfonça ses ongles dans sa chair. La jeune femme cria de douleur. Il déchira ses chairs de ses ongles, faisant gicler le sang. Thaïs hurla de nouveau, malgré elle. Le duelliste ouvrit les yeux à ce moment-là et tenta de se relever, mais les fers lui entravaient les pieds. Il se contenta de regarder Gaël d'un œil plein de haine et ce dernier s'en amusa comme un enfant devant un nouveau jouet. L'homme s'approcha de Thibalt et lui déclara :

— Vous avez toujours été un caillou dans ma chaussure, mon cher. Mais ne vous inquiétez pas. Vous allez assister à la mort des deux femmes que vous avez aimées, avant de mourir à votre tour.
— Aimées…Comme vous y allez, se moqua le duelliste.
Cependant, le regard du duelliste ne quittait pas Thaïs de Chancy, dont les chairs de l'épaule déchirées, lui vrillaient le cœur. Il revivait leur rêve, et il savait ce qu'il allait se passer par la suite. Il se demandait s'il allait finir par s'unir à elle, dans cet endroit terrifiant, mais il la désirait en ce moment-même, il ne pensait qu'à ce désir.
Gaël de Sainte-Rivière plissa les yeux en contemplant le duelliste. Il n'avait pas relevé quand il avait parlé des « deux femmes qu'il avait aimées ». Personne n'avait relevé. Pas même Alix de Naussac, qui contemplait

la scène depuis la porte de la cabane, les quelques rayons de soleil qui passaient à travers les planches de bois caressant ses cheveux châtains. Alix de Naussac était extatique à la vue de deux ennemis du Culte des Enfants du Jugement Dernier emprisonnés. Elle observa silencieusement Gaël s'approcher de Thaïs et l'attacher aux côtés de Thibalt, lui entravant les mains et les jambes, contrairement à Thibalt qui n'avait que les jambes entravées. Puis il s'en alla.

Le duelliste ne quitta pas Gaël de Sainte-Rivière du regard, mais ne dit rien. Il essayait de trouver quelque chose qui pourrait constituer une arme à utiliser face à Gaël de Sainte-Rivière. Or, il ne trouva rien pour le moment et cela l'enrageait. Il contempla Thaïs, à côté de lui, dont il pouvait ressentir la chaleur corporelle. Cette dernière avait la tête penchée sur le côté et son épaule rougie de sang. Thibalt soupira et enleva sa veste, puis déchira un pan de sa chemise. Il en fit un bandage pour l'épaule de la jeune fille et l'appela :

— Thaïs, ne vous en faites pas…je vais faire quelque chose pour nous sortir de là.

Thaïs leva la tête vers lui. Il arracha un autre bout de sa chemise et essuya son front couvert de sueur. La jeune femme soupira un instant et le contempla d'un air douloureux. Elle demanda :

— Vous rêvez, Thibalt de Montfort ?

Thibalt l'observa, surpris. Puis il eut un sourire doux-amer qui apparut sur son visage. Il soupira et avoua :

— Oui, je rêve, Thaïs de Chancy.

Thaïs le regarda intensément, comme si elle attendait quelque chose de lui. Le duelliste fut happé par ces yeux myosotis. C'était une situation dont il ne savait pas s'ils s'en sortiraient vivants. Aussi, il se pencha vers la jeune femme et sans réfléchir plus avant, l'embrassa longuement. Thaïs lui rendit son baiser passionnément, se disant que la situation était réellement incongrue, mais puisqu'ils allaient mourir…elle voulait avoir le choix de ses derniers instants et elle avait décidé de se donner à l'homme qu'elle avait choisi. Cet homme, c'était Thibalt de Montfort. Et par là, elle vécut les délices de son rêve, s'y plongeant totalement. Les lèvres de Thibalt sur les siennes et la chaleur de son corps contre le sien. C'était une scène assez incongrue, alors qu'ils allaient être torturés par ce fou de Gaël de Sainte-Rivière.

Elle s'étonna, tout en embrassant le duelliste et ce dernier lui demanda doucement :

— Que se passe-t-il ?
— C'est étrangement calme, on ne les entend plus, fit remarquer la jeune femme.

Thibalt se détacha d'elle et comprit qu'elle avait raison. Ils s'étaient éclipsés, mais il murmura :

— Je crois qu'on ne devrait plus tarder à savoir ce qu'il se pa…

Le duelliste n'eut pas le temps de finir sa phrase. Un hurlement horrible se fit entendre provenant d'une pièce adjacente qu'ils n'avaient pas encore vue, trop préoccupés l'un de l'autre. Thaïs frissonna à l'écoute de ce cri et serra ses mains l'une contre l'autre. Le visage de Thibalt se tordit d'horreur, lorsqu'il comprit qui se trouvait dans cette pièce secondaire.

— Alix ! s'écria-t-il, catastrophé.

Le duelliste baissa la tête un court instant, submergé par la douleur. Thaïs n'éprouva pas de jalousie. Comment le pourrait-elle ? Cette femme subissait un sort pire que le sien, elle n'avait personne sur qui compter, tandis qu'elle, Thaïs, pouvait s'appuyer sur cet homme, à ses côtés. Il avait eu des ébats avec Alix de Naussac, mais elle savait qu'elle n'avait rien représenté pour Thibalt, sinon un corps contre lequel se serrer la nuit. La jeune femme se sentit coupable à ces pensées. Peut-être devrait-elle expier ses pêchés sous les coups de Gaël de Sainte-Rivière, alors que ce dernier torturait Alix, dans la pièce à côté.

Thaïs posa sa tête contre l'épaule de Thibalt qui lui caressait les cheveux, tout en priant pour Alix.

— Elle ne méritait pas de mourir comme cela, remarqua douloureusement Thibalt. Elle était certes bornée et détestable, mais elle avait ses convictions.

— Je ne pense pas qu'elle voulait mourir comme cela, répliqua Thaïs. Elle savait qu'elle allait mourir aujourd'hui, mais pas comme ça.

Quelques instants plus tôt, Alix avait assisté au rapprochement entre son ancien amant et cette maudite Thaïs de Chancy, dont les visions diaboliques avaient précipité les agissements. Elle était satisfaite à l'idée que Gaël de Sainte-Rivière soit celui qui précipite la fin de Thaïs. Elle ne fut jamais consciente que Gaël avait eu le projet de l'assassiner, elle aussi.

Ce fut quand Gaël eut fini d'entraver Thaïs aux côtés de Thibalt, qu'il se tourna froidement vers Alix, qui se réjouissait de ce spectacle. La femme aux cheveux châtains ne vit pas le coup arriver. Gaël leva le bras et la frappa au visage si fort qu'elle s'effondra et perdit connaissance. Et lorsqu'elle reprit conscience, elle se trouvait entièrement nue, entravée aux pieds et mains, alors que Gaël se trouvait penché sur elle, ses instruments de découpe à la main. Alix ferma les yeux en comprenant qu'elle n'avait aucune chance de s'en sortir. Le sort qu'elle avait ardemment souhaité pour Thaïs de Chancy, elle le subissait, à présent. Elle pleurait sans bruits et pensait à sa famille, sa mère surtout. Elle lui demandait silencieusement de la pardonner. Elle entendit Gaël lui murmurer :

— Tu as toujours aimé souffrir, Alix de Naussac. Bénis ta chance que je sois décidé à t'accorder vraiment ce que tu demandes.

Alix redressa son buste et fit face à Gaël :
— Allez, Gaël ! Finissons-en, lança-t-elle.

— Mais, à vos ordres, très chère. Je dois m'occuper d'une autre jeune personne qui n'attend que cela.

À Versailles, les troupes du roi finissaient de mettre en déroute les membres du Culte des Enfants du Jugement Dernier. La comtesse de Vintimille, en proie à une violente crise de nerfs, hurlait :

— Thaïs ! Thaïs !

Le Roi Louis XV se trouvait près d'elle et impassible, bien que pâle, lui demanda de se calmer. La comtesse de Vintimille lui hurla en retour :

— Comment voulez-vous que je me calme alors qu'elle est entre les mains de cette maudite Naussac ?

Un policier de Châtelet avait suivi un temps le groupe formé par Alix de Naussac, Gaël de Sainte-Rivière et Thaïs de Chancy. Puis, Alix s'en était aperçu et un échange de coups de feu s'en était suivi entre le policier et la dirigeante du culte. Le policier avait été blessé au ventre sans gravité cependant. Il avait renseigné le Roi sur le fait que la jeune fiancée du Prévôt de Versailles avait été enlevée. Le Roi délaissa la comtesse de Vintimille et se rendit auprès de la dépouille de Cléonthe de la Tour-Morte afin de lui rendre un dernier hommage.

La comtesse de Vintimille eut une violente crise de nerfs et dans la confusion, elle fut approchée par une jeune personne au service de la Reine Marie. Elle ne s'aperçut de la présence de la jeune femme qu'au moment où elle calmait ses nerfs.

— Mais que me voulez-vous à la fin ? s'écria-t-elle.

— La Reine Marie vous demande de venir immédiatement, s'impatienta la jeune messagère. Elle sait où se trouve Thaïs de Chancy, mais elle requiert votre discrétion.

Excédée, la comtesse poussa un soupir et finit par suivre la jeune personne chez la Reine. Dans le salon, il régnait une agitation et la comtesse fut le témoin d'une scène particulièrement étrange. La Reine se lamentait à genoux entourée de ses dames de Cour, priant intensément. Des hommes se tenaient autour d'elles, comme s'ils allaient la protéger d'un danger imminent. Et finalement, alors qu'on aurait pensé le décor digne d'un tableau, la comtesse de Vintimille sursauta lorsqu'elle se rendit compte que la personne au centre de la pièce était la duchesse de Sens.

Cette dernière était assise très droite, sur le sofa, mais elle saignait abondamment du ventre. « Elle est en train de mourir » se rendit compte la comtesse. Elle poussa un cri, effrayée et la duchesse de Sens se tourna vers elle, un sourire de dédain aux lèvres. Elle marmonna :

— Arrêtez de faire votre mijaurée ! Nous n'avons plus le temps, je me meurs.

— Que voulez-vous me dire ?

— Il faut que vous cherchiez votre protégée dans une cabane au milieu de la forêt domaniale. C'est le repère de cet assassin de Gaël de Sainte-Rivière. Je me suis…éloignée du culte, quand elle a permis à cet assassin de femmes d'y figurer.

La comtesse assista, pétrifiée au dernier soupir de la duchesse de Sens, qui avait été, un bref instant, sa rivale. La Reine Marie se tourna vers la comtesse de Vintimille et demanda, sur un ton saccadé :
— Que faut-il faire ?
Je…Elle était une ancienne dame de cour, je voulais l'accueillir pour ses derniers instants.
— Vous l'avez accueillie au détriment de ma protégée, parce que vous me haïssez tellement que vous avez protégé une ancienne dame de Cour. Si vous aviez eu un tant soit peu de jugeotte, vous l'auriez remise sans tarder au Roi. Si ça se trouve, Thaïs est morte maintenant.

Sa voix eut une fêlure à ces mots et elle quitta les appartements de la Reine, laissant cette dernière se lamenter.

La comtesse de Vintimille alla trouver le Roi et lui rapporta la mort de la duchesse de Sens, ainsi que ses paroles. Le Roi comprit qu'il fallait agir vite.

Le Souverain ordonna aux gardes de se rendre à l'endroit mentionné par la duchesse de Sens. La comtesse de Vintimille espéra alors qu'il n'était pas trop tard pour retrouver Thaïs.

Chapitre 6

Thaïs pleurait, épuisée, contre Thibalt. Gaël de Sainte-Rivière n'en avait pas fini avec Alix de Naussac. La jeune femme supportait mal les hurlements de la marquise, mais soudain, un cri s'acheva en râle. Puis, plus rien. Thaïs se mit à trembler violemment.

— C'est fini, il va venir pour moi, murmura-t-elle, effrayée.

Thibalt la serra contre lui.

— Écoutez, ma très chère, ne tremblez pas. Je suis là, il devra me tuer avant de s'en prendre à vous…promit-il sombrement.

Thaïs ne l'entendait pas. Elle tremblait tellement qu'elle commença à recommander son âme à Dieu.

Ce fut alors que le monstre sortit de la pièce adjacente, tenant ses instruments de torture dans les mains. Il était dégoulinant du sang de la marquise de Naussac et son visage était devenu malfaisant, à l'instar de celui d'un démon. Un sourire effroyable déformait son visage si parfait. Thibalt serra les poings. Il n'avait toujours rien trouvé qui pût le libérer de ses entraves. Mais…soudain, il aperçut quelque chose dépassant du pantalon de Gaël de Sainte-Rivière. Un pistolet !

Thibalt de Montfort réfléchit à toute allure. Il devait à tout prix s'emparer de ce pistolet et tâcher de l'obliger à délivrer Thaïs. Gaël de Sainte-Rivière était un esprit des plus pervers... Qui sait ? Il pensa qu'il pourrait s'en dépêtrer et parvenir à le tuer.

Aussi, Thibalt embrassa Thaïs, ce qui la surprit et lança au monstre :

— De Sainte-Rivière, et si tu t'attaquais à un homme pour voir, plutôt que de torturer les femmes ? Tu es trop faible pour te mesurer à un véritable adversaire ? Tu as peur ? Je suis encore capable de te coller une dérouillée...

— Dans ton état, de Montfort, je ne pense pas...Mais peut-être devrais-je t'arracher la langue, pour t'apprendre à te taire, suggéra sur un ton diabolique l'homme blond qui leur faisait face.

Thaïs hurla :

— Non ! Thibalt !

Gaël de Sainte-Rivière les contempla tous deux. Il observa Thaïs serrée contre le duelliste et ce dernier qui faisait de son corps un bouclier pour protéger la jeune femme. Il se mit à ricaner et soupira théâtralement :

— Où donc l'amour va-t-il se nicher ?

Or, ce n'était pas le moment de contester le mot « amour », même si Thibalt avait été horrifié de l'entendre. Aimait-il Thaïs ? Mais il se reprit ! Il ne devait pas réfléchir à cela pour le moment. Il devait absolument convaincre l'assassin en face de lui de s'en prendre à lui plutôt que la jeune fille. Thibalt insista :

— Alors, qu'attends-tu, de Sainte-Rivière ? Une hésitation ?

Gaël de Sainte-Rivière perdit le sens et se jeta sur Thibalt de Montfort. Les deux hommes roulèrent sur le côté et se battirent. Thaïs essayait de comprendre comment venir en aide à Thibalt, mais le duelliste s'en sortait. Thibalt frappait violemment le chevalier et elle finit par comprendre qu'il allait réussir à s'en sortir. Ce fut alors que Thibalt réussit à s'emparer du pistolet et tandis que Gaël de Sainte-Rivière commençait à étrangler le duelliste, ce dernier posa le pistolet contre le ventre de son assaillant et lui tira dessus. Thibalt observa le chevalier porter le regard à sa blessure. Puis, le duelliste observa son regard se voiler et se fermer à jamais. Thibalt se débarrassa du corps en le jetant non loin de lui, le poussant de ses mains. Il avait encore le pistolet dans ses mains et demanda à Thaïs :

— Vous me faites confiance ?
— Vous me posez encore la question ? S'enquit Thaïs.
— Il va falloir qu'on vous défasse de ces liens, remarqua Thibalt.
Thaïs hocha la tête :
— Faites-le, approuva Thaïs.
Thibalt prit le pistolet, tira sur les liens de fer de Thaïs et en vint à bout. Puis il fit de même avec les liens entravant les poignets de la jeune femme. Cette dernière fut libre, puis elle tenta de se lever. Mais elle était sous le

choc et ne put se remettre debout tout de suite. Enfin, Thibalt visa ses jambes afin de se libérer du seul lien qui l'entravait. Il commenta plaisamment :

— Cet homme…Il croyait sincèrement que nous allions mourir sans résister. Il n'avait aucune conscience de ce dont l'être humain est capable, lorsqu'il est poussé à se défendre.

Il se mit debout, le visage tuméfié, les vêtements déchirés et la mine encore catastrophée. Il y avait la pièce adjacente et le corps d'Alix. Il n'osait aller voir l'état dans lequel il se trouvait et il décida qu'il n'irait pas. Il dirait aux officiers du Roi de chercher le corps et le rendre à la famille de Naussac. Il releva Thaïs, puis il lui demanda :

— Comment vous sentez-vous ma chère ?
— Comme quelqu'un qui a failli mourir, plaisanta-t-elle.

Il sourit, puis lui caressa la joue de ses doigts. Cependant, il secoua la tête et se reprit.

— Thaïs, je ne suis pas sûr de savoir pourquoi je vous ai embrassé, ni pourquoi j'ai rêvé. Nous ne sommes pas des amis et nous faisons partie de cercles radicalement opposés à Versailles. Je…je vous ai sauvé parce qu'il le fallait, mais…

La jeune femme était une nouvelle fois détruite par le duelliste. Il venait de vivre le moment le plus horrible de toute leur existence, mais une nouvelle fois, il la chassait de son cœur. Il ne reconnaîtrait jamais ce qu'il s'était passé entre eux, dans la cabane et jamais ce rêve qu'ils avaient fait. Son cœur était détruit et elle croyait qu'elle ne pourrait jamais plus aimer qui que ce fut. Elle s'interdit de pleurer et se mordit la lèvre jusqu'au sang. Elle acheva ce qu'allait dire Thibalt :

— Mais nous ne parlerons plus jamais de ce qui est arrivé ici dans cette cabane et nous n'évoquerons plus jamais le fait que nous nous sommes embrassés. Je vous serai toujours reconnaissante de m'avoir sauvé, mais nous ne nous fréquenterons plus jamais.

Elle avait un ton catégorique qui surprit Thibalt, bien qu'il lui en fût reconnaissant. Ce serait moins difficile. Cependant, malgré ce qu'ils venaient de dire, ils restaient l'un contre l'autre. Cette étreinte dura un petit moment sans qu'ils ne souhaitent ni l'un ni l'autre y mettre fin.
Pourtant, lorsqu'ils entendirent des galops se rapprocher, ils se contemplèrent une dernière fois, avant que Thaïs ne passe sa main sur la blessure au visage du duelliste. Elle lui murmura :

— Merci de m'avoir protégée ! Merci de m'avoir sauvée…Même si je suis un suppôt de la Vintimille.

— Vous êtes tout de même un suppôt bien agréable, répliqua-t-il en souriant.

Thaïs sourit et s'écarta du duelliste alors que les troupes du Roi arrivaient en trombe pour les secourir. Avec surprise, Thaïs constata que la comtesse de Vintimille était à cheval avec les hommes du Roi. La favorite du Roi sauta à bas de sa monture et porta ses mains à sa bouche, lorsqu'elle découvrit l'état de Thaïs. Elle se mit à pleurer lorsqu'elle constata son épaule déchiquetée :

— Mon Dieu, Thaïs, mais qu'est-ce qu'on vous a fait ? hurla la comtesse.

Le Roi sauta à bas de sa monture et, suivi de ses officiers, s'approcha du trio. Il observa Thibalt et s'enquit :

— Monsieur de Montfort, vous êtes dans un triste état. Devrions-nous apprendre quelque chose d'encore plus fâcheux que la petite sauterie à laquelle nous venons d'assister ?
Thibalt soupira et il informa le souverain d'un ton assez froid :

— Monsieur le Chevalier de Sainte-Rivière était bien un assassin de femmes. Je l'ai tué en protégeant Mademoiselle de Chancy. Vous trouverez le corps de la Marquise de Naussac dans la pièce adjacente. Il l'a tuée devant nous.

Thaïs contempla le Roi en approuvant et la comtesse de Vintimille se mit à pleurer en serrant Thaïs dans ses bras. On pouvait concéder à la favorite qu'elle prenait bien soin de sa jeune protégée, Thibalt le reconnut bien volontiers.

Les officiers du Roi prirent la suite et Thaïs qui était à bout de force fut prise en charge par un officier qui l'installa devant lui.

Thibalt apprit avec stupeur que toute cette journée n'avait eu qu'un seul but : arrêter l'assassin qui sévissait dans les rues de Versailles et mettre un terme au culte des Enfants du Jugement Dernier. Lorsqu'il apprit cela, Thibalt fut impressionné par la conduite de Thaïs. Elle avait joué parfaitement la comédie, se faisant passer pour la fiancée du regretté prévôt, qui avait payé cher son acte de bravoure.

Au soir de cette journée, le duelliste se rendit chez Rose Marsac, afin de se détendre. Il venait tout juste de sortir du bain, lorsque des coups se firent entendre à la porte. Rose, dans une robe du soir, plutôt légère, ouvrit à son visiteur nocturne. Elle n'attendait aucune visite et fut réellement surprise lorsqu'elle vit qui se trouvait à sa porte. C'était la comtesse de Vintimille, accompagnée seulement d'un garde.

Rose Marsac ne sut comment se comporter face à sa visiteuse et la comtesse fit remarquer :

— Eh bien, vous ne me faites donc pas entrer ?

— Entrez, faites comme chez vous ! Lança d'un ton à la fois surpris et ironique, la femme peintre.

Thibalt était nu et il eut juste le temps de passer un pantalon et une chemise à jabots pour accueillir la comtesse. Cette dernière le contempla d'un œil critique alors qu'il se tenait devant elle, dans le salon de la demeure de Versailles de Rose Marsac. La peintre fut outrée lorsque la comtesse lui demanda de les laisser seuls, le duelliste et elle.

La maîtresse du roi Louis XV porta son regard sur Thibalt et tout en le toisant, lui signifia :

— Je n'ai pas eu le temps de vous remercier de ce que vous avez fait pour ma protégée, lança-t-elle, sur un ton hautain qui eut le don d'agacer aussitôt Thibalt.

Ce dernier répliqua vertement :

— Je n'ai pas eu le choix, notez-le bien…

La comtesse de Vintimille s'amusait beaucoup de cette situation. Elle reconnaissait un amant contrarié lorsqu'elle en voyait un, se trouvant elle-même dans une situation romantique assez…exceptionnelle. Elle comprit qu'elle avait eu la réponse à ce qu'elle désirait savoir sans même poser la question. Thibalt nourrissait des sentiments pour Thaïs, mais il se ferait tuer plutôt que de l'avouer. Pauline-Félicité de Mailly-Nesles, comtesse de Vintimille, lança à Thibalt de Montfort, duelliste de son état :

— Montfort, je vous remercie d'avoir sauvé ma protégée. Mais, je vous demande de lui briser le cœur. Elle ne m'a rien dit sur vous, mais je sais qu'elle vous est réellement reconnaissante de l'avoir sauvée. C'est ma protégée…Je ne veux pas qu'elle souffre par votre faute. Vous êtes un coureur de jupon, vous duellez et je tiens du Roi lui-même qu'il rêve de vous envoyer à Cayenne. Ne vous approchez pas de Thaïs de Montfort…

Thibalt avait écouté cette tirade sans mots dire. Il serrait les poings, furieux des propos de la comtesse de Vintimille, mais également conscient de ce qu'elle insinuait. La comtesse avait tout de suite deviné que quelque chose était né entre Thaïs et lui. Mais il ne souhaitait pas que la comtesse remporte la bataille si facilement. Aussi, il lui apprit, fièrement :

— C'est déjà fait, Madame la Comtesse. Et puis, loin de moi l'idée de me tenir près d'une de vos protégées. Dans ma famille, on ne me pardonnerait pas le déclassement.

La Comtesse se mit à rire de bon cœur et souligna :

— Votre famille devrait prier pour vous, Montfort. Le Roi n'a pas renoncé à vous enfermer à Cayenne, comme je viens de vous le signifier. Il vous remercie d'avoir veillé sur Thaïs, mais ne croyez pas que vous avez l'impunité.

— Je ne le crois pas et je prendrai garde à moi, je vous le promets. Et ne vous en faites pas pour votre protégée, j'ai tout ce qu'il me faut ici.

— Tout sauf l'Amour, compléta la comtesse, justement.

Thibalt et Pauline-Félicité se défièrent du regard, et ce que vit la maîtresse du roi Louis XV dans les yeux du duelliste lui fit hocher la tête, d'un geste appréciateur.

— Bien le bonsoir, Thibalt de Montfort. Au plaisir de vous retrouver à Versailles.

La comtesse quitta la demeure de Rose Marsac sans avoir salué son hôtesse. Ce que celle-ci déplora. Alors que Rose Marsac leur servait du vin, Thibalt la contempla. Les mots de la comtesse lui revinrent en mémoire : « Tout sauf l'Amour ». C'étaient bien ses paroles. Il contempla Rose en soupirant. Il garderait au plus profond de lui ses baisers échangés avec une petite médium aux yeux myosotis.

Pauline-Félicité de Mailly-Nesles retrouva le roi Louis XV très tardivement en cette journée qui avait été celle de la mort du Grand Prévôt de Versailles. Le jeune monarque était pâle et avait besoin de réconfort. Sa maîtresse se mit en devoir de lui faire oublier les tragiques événements de la journée, ce dont il lui sut gré. Le souverain interrogea la comtesse, en remettant une mèche de cheveux de sa maîtresse en place :

— Comment se porte notre petite médium ?

— Elle est amoureuse, grommela la comtesse, à son aise, dans les bras du roi de France.

— Elle n'est pas traumatisée par ce qu'il s'est passé ? S'étonna le Roi, très surpris.

— Absolument pas, répliqua la comtesse. Elle ne m'a rien confié, bien sûr, mais je sais qu'elle a été conquise par ce duelliste.

— Thibalt de Montfort ! Cracha le Roi. Si seulement il avait été un partisan du culte des Enfants du Jugement Dernier, je l'aurais envoyé *ad patres* bien volontiers aujourd'hui.

— N'en faites rien, mon ami ! Je vous demande comme une faveur personnelle de ne pas le tuer, ni l'envoyer à Cayenne. Je m'amuse beaucoup de cette situation, ne me gâchez pas mon plaisir, supplia, mutine, la Comtesse à son royal amant.

— Comment cela ? S'enquit le souverain, de plus en plus dubitatif.

— Eh bien, je voudrais savoir si ces deux-là sont faits pour être ensemble et s'ils sont réellement amoureux l'un de l'autre, révéla la comtesse.

— Vous êtes une incurable romantique, ma chère comtesse, soupira le Roi.

— Promettez-moi juste que vous n'enverrez pas Thibalt de Montfort à Cayenne, insista la comtesse.

— C'est bien pour vous faire plaisir, soupira le Roi, déçu comme un enfant à qui on enlèverait son cadeau.

La comtesse de Vintimille était, tout comme Louis XV, une grande romantique. Elle espérait que l'avenir lui donnerait raison quant au devenir de sa petite protégée. Elle n'interfèrerait absolument pas dans les choix de Thaïs, mais elle serait un témoin attentif.

Thibalt de Montfort tint parole. Il s'appliqua à éviter Thaïs de Chancy les mois qui suivirent ce traumatisant épisode. Or, il ne cessa de se rapprocher constamment du cercle de la comtesse de Vintimille, au point de quitter lentement les partisans de la Reine Marie. La Cour se demanda ce qu'il arrivait au duelliste. Ce dernier, cependant, ne calmait pas ses ardeurs auprès de la gent féminine. Bien qu'il ne se tint jamais loin de Thaïs, il ne manquait pas une seule occasion de séduire une jolie femme qui passait près de lui. Il blessa le cœur de Thaïs bien des fois, qui pleurait à chaudes larmes. Cette dernière s'enfermait seule et pleurait tout ce qu'elle pouvait pleurer. Elle s'enivrait quelquefois et sombrait dans une grande apathie, essuyant ses larmes d'un air rageur et se demandant si tout ce qu'elle avait vécu auprès de Thibalt de Montfort avait bien eu lieu.

Un jour, Thaïs se mit à ressentir de la haine à l'égard de Thibalt de Montfort. Ce jour là, elle le surprit en plein ébats intimes avec une jeune Polonaise qui venait d'arriver de la Cour de Pologne. Se tenant derrière la jeune femme, il entrait en elle en poussant des halètements de plaisirs et la jeune femme, les cheveux défaits, semblait adorer cela. Thaïs se cacha et eut les larmes aux yeux. Cependant, elle était arrivée tardivement sur les lieux et n'avait pu entendre que Thibalt soufflait « Thaïs » alors qu'il prenait du bon temps avec la jeune Polonaise. Cette dernière, bien que parlant très peu Français, avait noté le nom. Lorsqu'elle rencontra Thaïs, bien plus tard, elle devina tout de suite qu'elle était la jeune femme à qui pensait le duelliste. Mais, en femme délaissée tout de suite après l'acte, elle n'en fit pas part à la jeune comtesse.

D'autant plus que la jeune femme, partisane de la Reine Marie, participait volontiers au conflit avec la Vintimille.

Cette vision de Thibalt avec cette jeune femme scandalisa tant Thaïs qu'elle s'enivra un soir. Elle s'enivra à tel point qu'elle perdit connaissance et qu'on dut appeler un médecin pour la réanimer.

La comtesse de Vintimille veilla sur sa protégée et se demanda si elle n'avait pas fait une erreur en demandant à Thibalt de Montfort de ne pas s'approcher de Thaïs.

La jeune médium décida de quitter Versailles quelques semaines pour retrouver l'air frais de la Lozère. Elle avait besoin de voir son père, sa belle-mère et ses frères et sœurs. Et surtout, elle devait apprendre à son père et sa belle-mère les événements de ces derniers mois. Elle éprouvait, cependant, toujours des sentiments pour le duelliste. Elle ne savait pas s'il pensait encore aux baisers qu'ils avaient échangés et qui l'avaient tant émoustillée. Un soir, dans une auberge, la jeune femme eut tellement mal, eut tellement le mal de Thibalt de Montfort qu'elle s'enivra à tel point que Jeannette, sa servante, fut obligée de chercher, la nuit, un médecin de village. La servante voyageait avec sa maîtresse, elles étaient deux pour ce voyage. L'été arrivait et la chaleur était telle qu'elles étouffaient parfois dans les chambres d'auberge. Thaïs et Jeannette fermaient rarement l'œil, ayant peur d'être dépouillées la nuit. La servante pleurait souvent, car elle craignait que sa maîtresse finisse par se tuer.

Une nuit, alors que l'été allait arriver et qu'elles se trouvaient sur la route de la Lozère, Thaïs observa Jeannette et lui demanda :

— Est-ce qu'on en guérit un jour ?
— De quoi, Mademoiselle la Comtesse ? interrogea Jeannette.
— De l'Amour, répliqua Thaïs, lugubre.

Jeannette ne sut quoi répondre à Thaïs. En son for intérieur, la jeune fille maudit l'homme qui avait fait sombrer la jeune médium dans cet état. Sa maîtresse n'était plus elle-même, depuis qu'elle avait été sauvée par cet homme et elle espérait que l'air de la Lozère lui ferait du bien.

Thibalt tenta de se libérer de Thaïs. Depuis qu'elle avait quitté Versailles, elle était vivante en lui comme jamais. Elle et ses baisers. Il rêvait d'elle toutes les nuits et pourtant, ne manquait pas d'ardeur auprès de Rose Marsac. Mais il devait se contraindre. Elle était la favorite de la Vintimille. Il était le favori de la Reine Marie, depuis la mort de Gaël de Sainte-Rivière.

Thaïs arriva enfin en Lozère.

Elle reprit des couleurs dans ces paysages de montagne où elle avait toujours vécu. Même si l'été était là, elle se couvrait pour accomplir de longues marches dans les montagnes près de Sainte-Énimie.

Elle reprenait de bonnes habitudes de marche et de nourriture.

Elle mit longtemps à redevenir la jeune fille qu'elle avait été, une fille de la campagne, heureuse et fraîche. Thibalt de Montfort redevenait une ombre dans son esprit.

Chapitre 7

Au printemps 1739.

Depuis qu'elle était rentrée en Lozère, Thaïs retrouvait goût à la vie. Elle passait énormément de temps avec sa famille et cela lui donnait un nouveau souffle de vie. Le teint cireux qu'elle avait en arrivant disparaissait lentement. Ses joues reprenaient leur teinte rose et leur allure plus rebondie.

Elle ne pensait plus à Thibalt autant qu'avant, mais elle sentait confusément qu'il jouerait un grand rôle dans son avenir. Le drame de la jeune femme était qu'elle pouvait prédire l'avenir de presque chaque personne qu'elle rencontrait, mais elle était incapable d'en faire de même pour elle. Alors qu'elle reprenait le cours normal de sa vie en Lozère, quand elle suivait son père dans la forêt et lorsqu'il allait mener les bêtes dans les pâtures de moyenne montagne, des souvenirs affluaient à la mémoire de la jeune fille. L'un la faisait sourire et elle le rappelait souvent à son père.

C'était lorsque, juste après la mort de son amie Laure, elle avait annoncé à son père qu'elle allait faire partie des dames de la cour auprès de la comtesse de Vintimille, celui-ci avait laissé éclater sa fureur.

— Comment ? Je ne t'ai pas permis de te rendre à Saint-Cyr pour que tu deviennes la dame de cour d'une femme de petite vertu ! Ah, que n'ai-je épousé Émilie tout de suite ! J'aurais vraiment dû y souscrire. À cause de cela, le malheur s'abat sur nous.

Ladite Émilie, frigorifiée par l'hiver mordant qu'elle subissait en ce mois de janvier 1739, avait raisonné son époux.

— Allons, mon cher, ne soyez pas si sévère envers vous-même. Voyez cela comme une chance pour Thaïs de donner un sens à sa vie, après la mort de sa jeune amie.
— Oui, mais j'aurais préféré qu'elle prenne époux, gémit Étienne de Chancy.
— Père, je serai surveillée à la cour, s'était justifiée Thaïs. Je n'aurai pas le loisir d'y connaître la perdition. L'abbesse a fait promettre à la comtesse de Vintimille de veiller sur moi comme le lait sur le feu. Ne soyez donc pas si inquiet.
— Bon, puisque vous semblez toutes deux déterminées, alors j'y consens, mais Thaïs, mon enfant, garde ton cœur. La cour de Versailles n'est pas faite pour un jeune cœur comme le tien. Les lèvres d'un gentilhomme professant des mots d'amour ne sont pas source de promesses éternelles.
— Père, avez-vous oublié ce que je suis ? Je saurai me garder, tranquillisez-vous.

Après avoir poussé un soupir de désespoir, sachant que la cour de Versailles abîmerait son enfant, le comte Étienne de Chancy l'avait laissée partir.

C'était seulement une partie du souvenir de Thaïs, qui s'était déroulé en janvier 1739. La jeune fille le racontait, amusée, à son père. Mais, Étienne de Chancy avait tu une autre partie de l'histoire, qu'il partageait seulement avec son épouse bien-aimée. Émilie de Chancy ne dit jamais à Thaïs que son père avait passé la nuit à pleurer de désespoir, la tête contre la poitrine de sa femme, craignant de ne plus jamais revoir sa belle enfant.

Thaïs de Chancy, lorsqu'elle retourna à Versailles, était prête à affronter à nouveau Versailles et surtout, prête à revoir Thibalt. Du moins…elle le croyait. Elle grimaça et lança :

— Maudit sois-tu, Thibalt de Montfort !

Elle lui avait sauvé la vie. Elle la lui avait sauvée, mais il l'avait méprisée d'une telle façon que cela lui était insoutenable. La jeune femme sanglotait de rage et souhaitait se redonner contenance avant de se rendre chez la comtesse de Vintimille. Elle s'arrêta un instant dans l'un des couloirs du palais. Elle songea qu'elle aurait souhaité plus de temps pour se concentrer sur le duelliste. Il faudrait qu'elle approfondisse le rôle que Thibalt de Montfort aurait à jouer dans sa vie. Elle sentait confusément qu'il était lié à la menace qui planait sur la cour en la personne d'Azélie d'Aulrac. Toutefois, elle ne savait pas encore s'il était un allié ou un ennemi. Thaïs n'aimait pas l'idée d'un rapprochement avec cet homme, surtout après tout ce qu'ils avaient vécu tous les deux. Elle ne voulait plus qu'il interfère dans sa vie, ni dans ses affaires. Et le fait qu'elle devrait sans doute compter avec lui concernant l'affaire Azélie d'Aulrac n'était pas pour lui plaire. Il était réellement détestable et elle l'associerait pour toujours à la Polonaise et aux râles indécents qu'il poussait alors qu'il s'enfonçait en elle. D'ailleurs, Thaïs se demandait si cette péronnelle était encore à la Cour. Elle espérait que non et que la Reine Marie l'avait renvoyée à la Cour de Pologne.

Après s'être reprise et fermé son cœur à tout souvenir incongru et malvenu, Thaïs parvint aux appartements de la comtesse de Vintimille. La favorite de Louis XV, enceinte, était alanguie sur son sofa, soupirant, car elle ne pouvait plus se montrer pour le moment au château. La comtesse, amusante à l'accoutumée, était de plus en plus inquiète au fur et à mesure que sa grossesse avançait. Se sentant affaiblie et obsédée par la venue d'Azélie d'Aulrac, elle perdait le sens commun et maugréait sans cesse. Thaïs lui tenait la main et passait son temps à la rassurer. Malheureusement, elle ne comprenait pas encore ce qui faisait d'Azélie l'ennemie de la comtesse. La beauté pouvait être une cause suffisante de détestation. La comtesse était déjà souvent comparée à Azélie et jugée peu agréable. Elle se désespérait et perdait peu à peu son éclat. Elle soupira lorsqu'elle vit Thaïs arriver et déclara :

— Maintenant, je comprends ce que ma sœur Louise-Julie a dû ressentir lorsque je l'ai supplantée dans le cœur du roi. Je me demande ce qu'elle vit maintenant, dans sa province.
— Vous n'êtes pas restées en contact ? S'enquit Thaïs, l'oreille attentive.
— Non, mes sœurs et moi sommes rivales plutôt que sororales, soupira la comtesse. Je n'ai personne à qui je puisse me confier, hormis vous.
— Je resterai près de vous, madame. Soyez-en assurée, affirma Thaïs.
— Je dois dire que ma vie a changé pour le mieux depuis que vous êtes présente. Vous m'avez permis de me méfier d'une rivale dangereuse. Bien qu'elle arrive sous peu à Versailles, j'ai le sentiment que vous allez tout de même m'en protéger, continua la comtesse, comme si elle se parlait à elle-même.
— Je ferai de mon mieux, madame, déclara une nouvelle fois Thaïs.

Soudain, la jeune femme se tordit la main et écarquilla les yeux. Elle eut une vision pendant qu'elle contemplait la comtesse : la pièce était devenue rouge sang. Le sofa s'était rempli d'asticots ; ils sortaient de la bouche et des yeux de la comtesse, grouillant par milliers ! Celle-ci ouvrait des yeux morts et creux sur le monde, ses orbites ayant été lentement dévorées. Son ventre… ! Son ventre était également infesté de vers. Il était ouvert et dépourvu d'organes. La vision dura. Thaïs pâlit et resta immobile. La comtesse, enceinte et parfaitement en sécurité, se déplaça lentement de son sofa jusqu'à Thaïs. Elle passa une main sur son visage et recula précipitamment, sentant que la jeune femme était en proie à ses visions. Des gouttes de sueur perlaient sur le front de la médium et ses yeux myosotis étaient habités par une expression horrifiée. La comtesse de Vintimille s'affola et hurla :

— Quelqu'un ! À moi !

Thaïs vivait les derniers instants de sa vision. Des idéogrammes qu'elle ne reconnaissait pas s'affichaient au-dessus du corps de la comtesse, suppliciée et dévorée par les asticots. Thaïs tâchait d'en mémoriser les traits et contours. Dans l'horreur de ce qu'elle vivait, elle souhaitait conserver le plus de traces possible pour mieux s'en servir par la suite. Sa vision lui apprenait que la comtesse de Vintimille était bien la victime prochaine d'une attaque dévastatrice. Néanmoins elle ne savait pas encore comment les individus allaient frapper. Des voix lui parvenaient, mais elles étaient lointaines. Thaïs tâchait de se concentrer dessus. Encore en proie à ces terribles images, son visage restait impassible et ses yeux semblaient vides. Ses lèvres bleuissaient et l'iris de ses yeux pâlissait. Une voix s'éleva, plus forte que toutes les autres :

— Allons, du cran, mademoiselle ! Du cran, secouez-vous, bon sang !

Alors qu'elle suivait la voix, Thaïs sentit une douleur atroce envahir sa joue. Elle finit par pousser un cri de douleur et se réveilla totalement. Elle mit un temps à s'habituer à ce qu'elle voyait. Elle fut choquée par quelque chose qu'elle n'aurait jamais cru possible. Le rugueux visage de Thibalt de Montfort, auréolé de ses épais cheveux noirs, était penché au-dessus d'elle et il agrippait fermement ses épaules.

Tout lui revint en mémoire. Ses sentiments pour lui, la manière dont elle s'était enivrée plusieurs fois. Elle se revit dans la cabane abandonnée en train d'être embrassée par lui. C'était la première fois qu'il la touchait depuis ce moment. Il était penché sur elle à ce moment-là et ce fut un bouleversement pour elle que de se trouver si près de lui. Une expression douloureuse passa sur son visage, si bien qu'elle ferma les yeux un bref instant et tâcha de se reprendre. Tout était si horrible ce matin. La vision…Thibalt qui la dominait de sa taille. La jeune femme était épuisée et surtout elle ne parvenait pas à se défaire du goût des baisers du duelliste.

Thaïs ne sut jamais que pour le duelliste également, se trouver là, dans les appartements de la Vintimille, était une torture. Quand Thaïs était partie de Versailles, il avait été tenté de la rejoindre, tant son absence lui était intolérable. Il ne se trouvait jamais loin d'elle lorsqu'elle se trouvait à Versailles, il le savait. Il faisait en sorte d'espionner pour la Reine Marie, comme il le suggérait aux courtisans. Pour l'instant, ça marchait. La Reine ne l'interrogeait pas sur le fait qu'il se trouvait toujours près des membres du cercle de son ennemie.

Mais Thaïs, elle, était une tentation délicieuse. Depuis la cabane abandonnée, lui aussi rêvait de ses baisers. Il en rêvait tellement qu'il devait s'enivrer ces derniers temps, malgré ce qu'il vivait auprès de Rose Marsac. Il se moquait ouvertement de Thaïs en présence de cette dernière, pour se protéger. C'était trop douloureux de montrer qu'il aimait ce que représentait Thaïs, auprès de la peintre qui faisait partie, somme toute, de la faction de la Reine.

Aussi, lorsqu'il fut rattrapé par une jeune servante de la Reine, Thibalt se demanda ce qu'il se passait. Il n'hésita pas une seule seconde à venir secourir la jeune médium. Elle l'avait impressionné une première fois, en le prévenant pour Antoine de Lazenac. Et là, elle était prise d'une nouvelle vision. Lui ne savait pas quoi faire, hormis se tenir au-dessus d'elle et la gifler violemment, ce qui avait surpris toutes les dames de Cour de la comtesse de Vintimille.

Thaïs se dégagea aussitôt :

— C'est à vous que je dois cette douleur à la joue ?

— Évidemment, releva-t-il, toujours aussi hautain, sans une once d'amabilité. Vous avez provoqué une belle panique ici ! Vous n'avez pas pensé que madame la comtesse pourrait faire un malaise en vous contemplant ainsi ?

— Je n'y ai pas pensé, en effet, répliqua la jeune femme. Je ne contrôle pas toujours mes facultés.

— Vous devriez, lança Thibalt de Monfort.

Alors qu'il parlait, les idéogrammes de sang qui étaient apparus à Thaïs lors de sa vision se produisirent à nouveau. La jeune médium se figea. Thibalt de Montfort proféra un juron. Intérieurement, il pensa : « Ah non ! Pas encore ! » Aussitôt, il posa les mains sur les épaules rondes et douces de Thaïs, prêt à la secouer violemment. Celle-ci se dégagea vivement et lança :

— Donnez-moi du papier et de quoi écrire ! Vite !

Un jeune page au service de la comtesse de Vintimille s'exécuta. Elle-même était sous le coup d'une violente crise de nerfs et une dame de compagnie lui faisait respirer des sels. Deux ou trois servantes s'activaient autour d'elles. C'était l'une d'elles qui avait fait quérir Thibalt de Montfort, l'un des seuls courtisans à être éveillé à cette heure de la matinée.

Thibalt se maudissait, à présent, de se promener si tôt dans la matinée. La Reine allait, cette fois, lui demander des explications. Mais il décida qu'il ne travestirait pas la vérité. Après tout, il avait fait son devoir de courtisan, sachant le sort que le roi pouvait réserver à ceux qui le contrariaient ou qu'il jugeait responsables d'un drame. Une lettre de cachet était vite rédigée et vous étiez assuré de finir vos jours au bagne de Cayenne.

La scène dont il venait d'être témoin avait remué le cœur de Thibalt, lui qui, à trente-cinq ans, était souvent décrit comme un être sans cœur. Homme de grande stature, aux cheveux bruns épais, le visage aux yeux bleus perçants et au nez aquilin, il était considéré comme un être apportant le malheur lorsqu'il apparaissait à Versailles. Alors que Thaïs portait toujours des robes lavande, lui était vêtu de costumes bleu nuit peu rassurants. Certains le surnommaient même « le croquemitaine ». La réputation de duelliste de Thibalt n'était plus à faire et avait franchi les frontières de la France. Il n'était pas rare que de gentilshommes étrangers mettent un pied sur le sol de France pour proposer un affrontement à celui qu'ils estimaient comme un adversaire digne d'eux. Il n'était pas rare non plus que Thibalt prenne la vie de l'un de ces gentilshommes impudents. Les familles des victimes s'en remettaient alors à la diplomatie pour demander l'extradition de Thibalt, ainsi que sa mise à mort. Le vicomte de Montfort était donc sur la sellette. Le jeune roi Louis XV l'avait en effet convoqué et lui avait explicitement signifié que s'il tuait un nouveau gentilhomme, il l'expédierait au bagne et aux travaux forcés pour le reste de sa vie. Se sachant surveillé, Thibalt faisait attention à la manière dont il se comportait. Il se consolait de cette épée de Damoclès qu'il avait au-dessus de la tête dans les bras de Rose Marsac, après avoir troussé quelques-unes des dames de Cour de la Reine Marie. Cette dernière commençait à ne plus vouloir le protéger, après l'incident avec l'une d'elles. La jeune Polonaise avait failli révéler à la médium que Thibalt avait prononcé le nom de Thaïs, alors qu'ils avaient des ébats intimes dans Versailles. Thibalt n'avait pu supporter cela et avait menacé la jeune Polonaise en lui collant son pistolet sur le front. Cet incident malheureux lui avait coûté la confiance de la Reine Marie et Thibalt n'avait conservé que son amante actuelle, Rose Marsac.

Cette dernière était troublée depuis la malheureuse journée qui avait vu la mort du Prévôt. Elle voyait bien que son amant ne restait plus auprès d'elle que par dépit. Depuis que Thibalt était rentré si amoché de cette journée qu'il avait passé prisonnier en compagnie de Thaïs de Chancy, elle sentait qu'il n'était plus lui-même. Rose Marsac aurait bien voulu rencontrer de Thaïs et lui demander ce qu'il s'était passé exactement ce jour-là, mais la peintre avait sa fierté. Elle ne voulait pas s'abaisser à passer après une jolie oie blanche qu'elle détestait par-dessus tout. Elle était attachée à Thibalt de Montfort. C'était l'un des seuls hommes qui se montrait fier de ses talents et qui ne lui interdisait pas de peindre sous prétexte qu'elle était une femme et que les femmes n'étaient pas des artistes. Il s'accommodait fort bien du fait qu'elle n'était pas issue de la Noblesse, bien qu'elle sût qu'il ne l'épouserait jamais pour cette même raison. Elle ne voulait certainement pas s'abaisser en allant demander des explications à Thaïs, mais elle se disait qu'un jour, elle devrait le faire. Cependant, Rose Marsac n'était pas femme à se ridiculiser pour un homme. La vie l'avait amenée à faire des choix audacieux et elle n'aimait pas considérer qu'elle était en concurrence avec une jeune fille pauvre de la noblesse.

Cette femme, issue d'une famille de notaires parisiens, avait décidé de refuser le sort qui l'attendait, celui d'épouser l'un des cousins célibataires de sa mère. Se révélant douée pour la peinture, elle avait pris des leçons chez un peintre réputé et avait fini par trouver un emploi auprès d'un autre peintre qui faisait lui-même fi des normes sociales. Rose avait du talent, elle pouvait fort bien peindre pour lui et l'aider à finir ses toiles. Rendue célèbre par un portrait en costume d'Apollon du jeune roi Louis XV, Rose Marsac avait ses entrées à la cour. Âgée de trente ans et célibataire, elle avait déjà peint le portrait de beaucoup de courtisans et fait fortune. Jusqu'à sa rencontre avec « le croquemitaine », elle n'avait eu personne dans le cœur. Pourtant, elle dut s'avouer que la haute stature et l'élégance fourbe du duelliste s'étaient frayé un chemin en elle. Aussi, elle s'était offerte à lui un soir d'été. Depuis lors, les deux amants se voyaient, mais restaient libres. Rose Marsac possédait une belle chevelure noire pareille à celle de Thibalt, ainsi que des yeux verts.

Tous les deux se gaussaient beaucoup des courtisans et courtisanes et ils ne manquèrent pas de critiquer la comtesse de Chancy, de se moquer de sa taille et de ses hanches larges lorsqu'elle vint à la cour prendre son rôle de dame de compagnie.

Rose Marsac aimait ces moments où Thibalt et elle s'adonnaient à la critique de ces jeunes filles. Ces derniers temps, depuis le printemps et la mort du Prévôt, il ne critiquait plus tellement la jeune favorite de la comtesse de Vintimille. Le cœur de Rose Marsac se serrait. Elle avait atteint la trentaine. Belle et expérimentée, elle se résignait peu à peu à ce que Thibalt ne l'abandonne pour la jeune Thaïs de Chancy. Elle en était certaine, cette dernière avait pris son cœur, même s'il en venait à la critiquer certains soirs où la colère traversait le duelliste. Quand celle-ci avait quitté la Cour au mois d'avril pour retrouver sa famille en Lozère, Thibalt avait retrouvé un certain allant et avait honoré Rose Marsac fougueusement. Celle-ci s'en réjouissait, mais elle avait appris l'incident entre la jeune fille Polonaise et son amant en titre. Elle avait su aussi que le nom de « Thaïs » avait été prononcé par Thibalt, car elle était allée trouver la jeune fille au centre du drame. Rose Marsac n'avait jamais évoqué cet incident auprès de Thibalt et ce dernier ne l'avait jamais évoqué non plus.

Thibalt critiquait, malgré tout, Thaïs, quelques fois, mais le ton de ces critiques avait changé. Elles étaient beaucoup moins féroces, beaucoup moins indélicates. Le cœur du duelliste n'y était plus. Un jour même, alors qu'ils s'adonnaient à leur activité favorite, la peintre reçut une révélation de la part de son amant qui la choqua. Elle avait amené le sujet sur Thaïs et insistait lourdement sur les aspects de son corps qu'elle jugeait laids. Elle s'en donnait à cœur joie et Thibalt sourit quelques fois, concédant que le médium avait un physique particulier. Mais le duelliste ne voulait pas se laisser démasquer par Rose Marsac. Depuis quelques temps, il se lassait de la peintre, trouvant que cette dernière perdait de sa fraîcheur et de sa capacité à entretenir des conversations spirituelles, comme il aimait tant à le faire au début de leurs relations. Elle passait son temps à critiquer Thaïs et cela commençait à ennuyer le duelliste, qui abondait dans son sens, uniquement pour ne pas éveiller les soupçons.

Cependant, alors que Rose Marsac la critiquait, il concéda que les yeux de Thaïs, à la teinte si inhabituelle, le hantaient. Nu dans le lit, il demanda un soir à son amante :

— Crois-tu que cela soit signe d'une défaillance ?
— Une défaillance ? releva la peintre, surprise.
— Oui, une défaillance ou un handicap, cette teinte myosotis, continua Thibalt, sur le même ton interrogatif.

Rose Marsac fut surprise par ces propos. C'était une question sérieuse, alors qu'elle, qui connaissait les couleurs, savait que des yeux pouvaient avoir la plus étrange des teintes, cela à cause de la génétique. Elle s'étonna donc :

— Thibalt de Montfort, quelquefois, tu m'effraies par ton manque d'instruction ou de compréhension du monde. Nous avons tous des yeux d'une teinte différente et cette couleur-là fait partie de l'ordre naturel pour un physique ou un autre.

Thibalt avait compris qu'il venait de perdre un peu d'éclat auprès de sa maîtresse. Aussi se rembrunit-il et continua t-il à rêver de ces yeux à la couleur qu'il n'avait vue nulle part ailleurs. Il se sentait soulagé quelque part, de saboter sa relation avec Rose Marsac. Il ne souhaitait pas continuer de se rapprocher de la peintre et il espérait que la séparation se ferait sans encombre. Il ne restait avec Rose que parce qu'elle l'empêchait de commettre des impairs avec d'autres femmes et qu'elle était une couverture parfaite pour lui concernant sa relation avec Thaïs. Relation qui était certes peu avancée pour le moment et Thibalt se demandait s'ils n'arriveraient jamais à retrouver la complicité qu'ils avaient eue par le passé, dans cette cabane.

Depuis le retour de cette dernière à Versailles, en ce début d'été 1739, il l'observa pendant qu'elle reprenait ses marques à la cour. Il s'aperçut qu'elle parlait peu, mais que lorsqu'elle ouvrait la bouche, c'était de façon pertinente. Ses paroles n'étaient pas humiliantes, mais sages et posées. La jeune femme aurait pu paraître effacée, mais il n'en était rien. Il constata, et peut-être qu'il fut le seul à s'en rendre compte, qu'elle scrutait son environnement et qu'elle rapportait à la comtesse de Vintimille tout ce qu'elle avait remarqué.

Cependant, ce que Thibalt craignait qu'il arrive se produisit. Il avait baissé sa garde et s'était trouvé trop souvent dans le cercle de la maîtresse royale, ennemie de la Reine. Le duelliste soupira, alors qu'il sentait le regard de ses anciens amis se porter sur lui. Il devenait un traître à la cause de la Reine, il le sentait. Mais qu'y pouvait-il ? Il se détachait de cette faction, surtout depuis qu'il avait sauvé Thaïs des griffes de Gaël de Sainte-Rivière. Il ne pouvait oublier que le cercle de la Reine comptait en son sein des personnages ignominieux que la souveraine couvrait sous prétexte qu'ils lui étaient fidèles et surtout qu'ils étaient dévots. Quelquefois, la souveraine manquait de discernement concernant ceux qui l'entouraient. Les pertes de la duchesse de Sens, de Flore de Bois-Brisé et de cette péronnelle Polonaise l'avaient beaucoup touchée. Et surtout, Thibalt commençait à devenir un ennemi à ses yeux. Le duelliste sentait qu'il devrait partir à la reconquête de la Reine. Il l'avait trop négligée et si jamais, il se mettait en danger, la souveraine pourrait décider de ne pas intervenir pour le protéger. Thibalt soupira. Le duelliste se disait qu'il avait beaucoup trop négligé tout son lustre à la Cour, ces derniers temps. Et il eut bientôt l'occasion de faire ses preuves. La reine Marie le fit mander à cette période ; le mois de juin 1739 débutait. Elle le détailla d'un air dépité, le vicomte se montra penaud et s'installa en face d'elle dans ses appartements. Il n'osait contempler la reine qui énonça d'une voix claire et calme :

— Thibalt de Montfort, je peux compter sur vous, n'est-ce pas ?

—Cela va sans dire, Votre Majesté, déclara-t-il, reprenant contenance et retrouvant une attitude mâtinée de détachement, qui était souvent prise pour du mépris par ses interlocuteurs.
— Des âmes charitables m'ont informée que vous vous rapprochiez de la comtesse de Vintimille, peu à peu.

Sa Majesté se tut un instant et contempla Thibalt d'un air las. Ce dernier ne connaissait que trop le sort de la reine : toujours répondre aux ardeurs du roi puis accoucher. Elle y laissait sa jeunesse et sa santé. Être reine du royaume de France ne permettait jamais à cette femme si simple et digne à la fois de se reposer. Elle reprit :

— Thibalt, mon cher, vous savez que le roi ne vous porte pas dans son cœur, depuis vos derniers duels. Vous nous coûtez beaucoup en matière de diplomatie et mon époux ne va plus pouvoir vous protéger, acheva-t-elle en soupirant.
— Je ne le sais que trop, Votre Majesté, marmonna Thibalt, fataliste.

Qu'y pouvait-il, s'il était irrésistiblement attiré par la science des duels ? Si cela devait lui coûter la vie, il n'aurait aucun regret. Même s'il préférait faire perpétuer son nom.

— Thibalt, vous me préviendriez si quelque chose devait arriver à la comtesse de Vintimille ? S'enquit la reine.
— Absolument, Votre Majesté, promit Thibalt.

— Parfait, alors je ferai de mon mieux pour retenir l'ire du roi contre vous, promit la reine en retour.
— Si j'ai votre bénédiction, Votre Majesté, je n'en serai que plus soulagé, conclut le duelliste.

La situation avec Rose Marsac empira après cette entrevue avec la Reine. Thibalt mit fin à cette relation qui l'ennuyait sans s'en rendre compte et s'en trouva soulagé, même si cela ne s'acheva pas de belle manière.

— Que me vaut autant de fantaisie ?
— Je suis sur la sellette, ma chère. Je célèbre ma vie, et aussi, je suis curieux.
— Oh, curieux de quoi, de qui ? De cette petite ?
— Allons, serais-tu jalouse ? S'étonna Thibalt.
— Dehors ! Cracha Rose Marsac, touchée.

Elle quitta le lit, nue, et intima l'ordre à Thibalt de partir. D'avoir été percée à jour la rendit furieuse. Elle, jalouse de cette petite jeune fille aux grosses hanches ? Quelle humiliation !

Toute la cour se réjouit de la situation. Mais tous se trompaient sur les faits. Les gens bavassaient trop, à Versailles. Ils pensèrent que le vicomte de Montfort nourrissait une forte inclination pour la comtesse de Vintimille. Or, ils ne savaient pas, pour la plupart, que le roi n'attendait qu'une occasion de punir Thibalt de Montfort. Ce dernier ne se serait pas risqué à commettre un tel impair. Les Courtisans ne surent jamais que c'était Thaïs qui était la cause de ses décisions.

Chapitre 8

Printemps 1739, début juin.

« *Le croquemitaine* », qui avait l'habitude de donner la mort, avait été effrayé par la transfiguration de mademoiselle de Chancy : ses yeux myosotis devenant blancs et sa bouche bleuissant… Il détesta l'admettre, mais ses capacités de médium l'intriguaient depuis longtemps déjà. Il décida de rester afin de comprendre pourquoi elle avait à tout prix besoin d'une plume et de papier.

La matinée de ce jour de printemps se déroulait curieusement dans les appartements de la comtesse de Vintimille, qui se remettait doucement de la frayeur causée par Thaïs, couchant sur le papier de manière effrénée les symboles de sang qu'elle avait vus dans ses visions. Une fois qu'elle eut fini, elle tint la feuille à bout de bras et la présenta à l'assemblée, composée de sa protectrice, d'une dame de compagnie, de deux servantes et de Thibalt. Ce dernier s'en saisit et la contempla. Puis, il posa un air interrogateur sur Thaïs.

— Mais il s'agit d'idéogrammes chinois. C'est une très vieille écriture et je ne pensais jamais la revoir ici.
— Vous savez ce que cela veut dire ? Glapit Thaïs.
— Non, mais je pense qu'un vieil herboriste de ma connaissance, installé à Paris, saurait m'éclairer sur la question.
— Comment reconnaissez-vous l'écriture chinoise ? Avez-vous des liens avec la Chine ? demanda la jeune fille, curieuse.
— Oh, c'est tout simplement une jeune Chinoise qui était présente à la cour de Versailles il y a quelques années et nous avait instruits sur la façon d'écrire de son pays.
— Oh ! s'écria Thaïs. Il faut la retrouver ! Est-elle encore ici ?

Thibalt de Montfort réfléchit puis annonça :

— Non, malheureusement, elle n'est plus parmi nous. En revanche, je pourrais me renseigner.

Thaïs ressentit un immense soulagement. Cet homme était un duelliste, il était peut-être malfaisant, mais il allait pouvoir l'aider dans son enquête au sujet de la troublante Azélie d'Aulrac.

— S'il vous plaît, faites-le, il s'agit d'un fait de la plus haute importance concernant la sécurité de la comtesse de Vintimille, lui expliqua Thaïs en baissant la voix.

— Il faudra que vous m'expliquiez à quelle affaire je me retrouve mêlé, répondit-il.

— Allez-vous dueller ce soir ? S'enquit Thaïs, ayant retrouvé son mordant et son allant.

— Non, rétorqua Thibalt, un sourire narquois au coin des lèvres. J'ai mieux à faire.

— Retrouvons-nous demain matin pour que vous m'indiquiez ce que vous aurez appris, proposa Thaïs.

— Soit, lança Thibalt. À condition que vous me révéliez l'affaire.

— Je le ferai, mais nous avons peu de temps devant nous, soupira la jeune femme.

Thibalt quitta les appartements de la comtesse de Vintimille, emportant avec lui le morceau de papier gribouillé par Thaïs. Le croquemitaine était tout de même inquiet. Un malheur se préparait et il ne savait exactement ce dont il s'agissait, si ce n'est que ce malheur avait un parfum féminin, comme tout complot dès lors que l'on se trouvait à Versailles.

D'après ce que lui avait dit Thaïs, la comtesse de Vintimille était l'objet principal de la haine des comploteuses et il se mit en devoir de la protéger. Peut-être que cela redorerait son blason auprès du roi. Le duelliste devait s'avouer que la petite médium au verbe haut devenait l'objet de toutes ses pensées. Elle semblait courageuse et mordante, traits qu'il appréciait chez une femme. Il reprochait aux courtisanes leur indolence et leur avidité. Thaïs était comme un vent de fraîcheur dans le froid et l'obscurité de Versailles. Thibalt, tout en se rendant à Paris sur son grand cheval noir, se disait à nouveau :

« Je commence à avoir une bien meilleure opinion concernant les jeunes filles éduquées à Saint-Cyr. »

Pendant ce temps, le roi Louis XV, ayant été alerté par l'un de ses courtisans, se trouvait dans les appartements de la comtesse de Vintimille. Il tenait la main de sa maîtresse, alanguie dans ses oreillers, et l'observait avec tendresse. Le souverain, dans l'éclat de sa jeunesse, avait une belle figure et suscitait le désir de la plupart des dames de la noblesse de Versailles. Ce n'était pas le cas de Thaïs, qui préservait son cœur de toute idylle passionnée. Elle suivait les conseils du comte Étienne de Chancy, qui lui avait recommandé de se garder de ces courtisans aux cœurs aussi froids que les paroles acidulées sortant de leurs bouches. Le roi appréciait Thaïs pour son tempérament pragmatique.

Cependant, il n'avait pas aimé qu'elle se mette en travers de sa passion pour Azélie d'Aulrac. Le souverain, bien qu'intrigué par les pratiques occultes, se souciait peu de l'avis de Thaïs. Il ne lui demandait qu'une seule chose : ne pas être responsable de la dégradation de la santé de la comtesse de Vintimille. Or, c'était tout juste ce qui venait de se produire. Aussi, le souverain se tourna vers la jeune femme :

— Ma chère, je suis fâché contre vous. Vous venez de causer beaucoup trop d'émoi à ma bien-aimée Pauline-Félicité. Je dois vous prévenir que si cela devait se reproduire, je vous enfermerais à la Bastille. Est-ce clair ?
— Je vous promets que ça ne sera pas le cas, Sire.
— Bien, nous sommes ravis de l'entendre. Je dois aussi vous prévenir que nous allons accueillir mademoiselle d'Aulrac. J'ose espérer que vous lui ferez bon accueil.
— Oui, cela va sans dire, Sire.
La comtesse de Vintimille fit la moue, mais se garda de tout commentaire. Alors que le souverain partait, la favorite demanda à sa suivante de s'approcher. Elle obtempéra. La comtesse lui signifia alors :
— Thaïs, je ne sais pas ce qu'il s'est passé ce matin, mais j'ai entendu Louis et soyez assurée que je vous protégerai. Je vous en prie, tâchez de surveiller Azélie d'Aulrac lorsqu'elle arrivera.
— Oui, madame, je le ferai.

Thaïs s'était déjà alloué cette mission et elle surveillerait Azélie pour assurer le bien-être de sa protectrice. Elle ne voulait pas que cette dernière eût à souffrir quelque mal que ce soit de la présence de cette femme à la figure si angélique.

***

Thibalt arrivait chez l'herboriste qui possédait une boutique en plein cœur de Paris, dans une ruelle nauséabonde que comptait la capitale, malgré les monuments et dorures qui faisaient sa réputation. C'était comme si le temps s'était arrêté et que l'époque médiévale perdurait. Thibalt savait que ces endroits étaient des coupe-gorges, mais le croquemitaine était l'un des gentilshommes les plus craints et redoutés de la population. Lorsque son sinistre cheval noir apparaissait dans les rues de la capitale, même les régiments des Gardes Françaises le saluaient et faisaient mine de ne pas le contrarier. D'aucuns prétendaient que Thibalt de Montfort était attiré par l'odeur de la mort et jouait fort bien du pistolet. Ne craignant que le roi, il ne se sentirait pas menacé par quiconque, même si une foule enragée l'affrontait.

Sautant à bas de son cheval, Thibalt poussa la porte de l'herboristerie d'un air déterminé. Il se fraya un espace parmi les multiples caisses de bois où se trouvaient disposés des pots remplis d'herbes, de fruits, de plantes. Tout avait une odeur de champ agréable pour un citadin, et la boutique toute de bois dégageait quelque chose de chaleureux. Un homme replet, vêtu d'un costume de soie, apparut aux yeux du duelliste. À cette vue, le sourire du boutiquier s'élargit.

— Thibalt de Montfort ! En voilà, une surprise ! Que me vaut cet honneur ?
— Mon cher Li-Fang, je reconnais que j'aurais dû venir plus tôt, mais Versailles…
— Les jolies dames et vos duels, je le sais, vous accaparent, acheva Li-Fang, un grand sourire aux lèvres.
— Comment vont les affaires ? S'enquit Thibalt, très à l'aise dans cette boutique qu'il semblait connaître mieux que Versailles.
— C'est très florissant, si vous me permettez le jeu de mots, sourit Li-Fang.
— J'en suis fort aise, mais je suis là pour quelque chose de précis.

Thibalt tendit la feuille où se trouvaient inscrits les idéogrammes de la vision de Thaïs. Li-Fang la prit et la contempla avec attention.

— Oh, quelqu'un semble menacé. Qui en fait l'objet ?

Thibalt soupira et demanda :

— C'est donc bien une menace ?
— Oui, sans aucun doute, déclara Li-Fang. Il s'agit d'idéogrammes signifiant la mort. Quelqu'un s'est attiré la haine d'un ou d'une de mes compatriotes.
— À ce propos, vous avez de *ses* nouvelles ? demanda Thibalt, mal à l'aise.

Le dénommé Li-Fang observa Thibalt d'un regard indéfinissable, puis il soupira. Le vieil homme était, à l'origine, le fils d'un diplomate chinois du début du XVIIIe siècle, qui avait été envoyé en Europe avec pour mission d'apporter la culture chinoise aux pays d'Europe. Li-Fang, qui n'était plus de la première jeunesse, avait été si impressionné par Paris qu'il avait décidé de s'y installer et de ne plus quitter la France. Sachant qu'il ne reverrait jamais ses parents qui rentraient en Chine, il les avait serrés fort dans ses bras. Son père lui avait recommandé de mettre en valeur la culture de la Chine en France, et quand des ambassades venues de son pays d'origine étaient présentes en Europe, certains diplomates contactaient Li-Fang afin qu'il apporte son soutien logistique et sa maîtrise des langues.

Thibalt savait que seul Li-Fang pourrait lui dire exactement ce que ces idéogrammes signifiaient et saurait lui donner des nouvelles d'une personne qu'il soupçonnait d'en être à l'origine. Les pensées de Thibalt s'égarèrent et il remonta le temps jusqu'en 1721.

Cette époque était celle de la régence, après la mort du roi Louis XIV en 1715. Philippe d'Orléans était régent de France et il avait la volonté de faire des mariages fructueux, mais également de nouer des liens productifs avec des pays lointains. Peu après la venue de Li-Fang, une autre ambassade de Chine fit le voyage pour être accueillie en grande pompe à Versailles. À ce moment-là, Thibalt de Montfort avait dix-sept ans, de superbes et longs cheveux noirs, des yeux bleus magnétiques. Sa réputation de duelliste était déjà en place, mais le régent se montrait assez indulgent envers le jeune homme. Présent le soir de la réception consacrée à la venue de l'ambassade de Chine, le jeune Thibalt fut séduit par le joli minois d'une très jeune femme nommée Haimei. Le jeune homme, intrigué, passa par la suite beaucoup de temps avec Haimei, qui finalement était restée en France, tandis que l'ambassade était repartie. Haimei avait accepté de rester à Versailles, à la demande du régent, et de devenir la compagne de sa fille, la duchesse Louise-Élisabeth d'Orléans. Cette dernière, dite mademoiselle de Montpensier, était promise au fils du roi d'Espagne et avait besoin de quelqu'un qui pourrait l'accompagner et rester avec elle. En effet, Louise-Élisabeth d'Orléans était princesse par sa mère et faisait l'objet d'un échange avec l'infante d'Espagne, Marie-Anne d'Espagne, âgée de trois ans et future fiancée du jeune Louis XV. Haimei, jeune femme chinoise, n'entrait pas en compte dans ces conditions et serait qualifiée d'invitée à la fois de la France et de l'Espagne.

— Je suis chanceuse, disait Haimei, enthousiaste, à Thibalt. Je suis venue en Europe et j'ai visité deux cours prestigieuses.
— Tu viens d'un pays aux traditions ancestrales, plus vieilles que les nôtres, lui fit remarquer Thibalt pendant qu'ils se promenaient dans les jardins de Versailles.

— Certes, mais qui de mon empire, hormis moi, découvrira vos belles cours ?

Thibalt sourit et dut s'avouer qu'il tombait peu à peu sous le charme d'Haimei, dont le prénom signifiait « petite sœur de la mer ». Cependant, il s'interdit de vivre quoi que ce fût avec Haimei qui partit en 1724 en compagnie de mademoiselle de Montpensier.

Jusqu'à ce jour de 1739, il l'avait oubliée, mais il ne s'expliquait toujours pas pourquoi ces idéogrammes avaient été tracés par Thaïs. Les paroles de Li-Fang le ramenèrent au présent. Le vieil homme racontait de sa voix douce :

— Je n'ai pas eu de nouvelle d'Haimei depuis sept ans, si c'est là ce que tu veux savoir. Aux dernières nouvelles, elle était restée auprès de la reine seconde d'Espagne, au palais du Luxembourg, jusqu'à sa mort en 1732. Je me rappelle que, trois ans après, elle était venue me trouver, me disant qu'elle allait se venger, mais je ne l'ai pas prise au sérieux, et je n'ai plus eu de nouvelles.
— Tu as bien dit qu'elle souhaitait se venger ? releva Thibalt.
— Oui, elle était décidée à faire payer le roi Louis XV, continua Li-Fang d'une voix sombre.
— Mais pourquoi ? s'exclama Thibalt, surpris.
— Parce qu'il était en vie alors que son amie mademoiselle de Montpensier était morte, dans la plus complète solitude, révéla le vieil homme.

Revenu à son présent, en 1739, Thibalt soupira.

— Cette histoire devient plus compliquée que ce à quoi je m'attendais.

Thibalt quitta Li-Fang et ne rentra pas à Versailles. Au lieu de cela, il voulait réfléchir à tête reposée à tout ce à quoi il venait d'assister. Il adressa un billet à l'attention de Thaïs de Chancy et le fit porter par l'un de ses pages. Le billet était simple, il y était inscrit qu'il la retrouverait le lendemain matin à l'endroit où elle lui avait frappé le genou en courant dans les jardins.

Le duelliste se fit préparer un repas. Le soir tombait et il désirait se restaurer. À trente-cinq ans, il restait un éternel célibataire. Issu de la famille Montfort ayant compté plusieurs croisés qui s'établirent et firent fortune en Orient, l'éclat de son nom avait pourtant terni et Thibalt en était l'un des derniers représentants. À part Rose Marsac et maintenant Thaïs, aucune femme n'avait attiré son attention, bien qu'il ne détestât pas plonger ses mains dans le corsage d'une ou deux jeunes dames esseulées dont les époux guerroyaient au loin. Il conservait sa réputation avec panache et brio, en dépit de son idylle qui s'était mal terminée avec Rose Marsac.

Chapitre 9

Son jeune page revint vers vingt et une heures, après avoir porté le message. Par la suite, Thibalt s'installa dans son cabinet où se trouvait une imposante bibliothèque remplie d'ouvrages consacrés à la noblesse. Le croquemitaine en choisit un spécifique, relatant la vie et la mort de Louise-Élisabeth d'Orléans, brève reine d'Espagne. Le nom d'Haimei y était mentionné. Alors qu'il le lisait tranquillement et que vingt-trois heures sonnaient, Thibalt tomba sur une phrase qui l'interpella. Il lut lentement :

> « *La marquise de Prie, femme de l'ambassadeur à la cour de Savoie, joua un rôle dans l'abandon des noces de Louis XV avec la petite princesse d'Espagne, Marie-Anne Victoire. Elle convainquit le duc de Bourbon, dont elle était la maîtresse, de rompre les fiançailles.* »

Thibalt nota cette phrase et la conserva dans son esprit. Il ne faisait pas encore le lien avec la présente situation, mais il soupira, pensant que la mort d'une très brève reine d'Espagne pouvait laisser planer ombre sur le destin d'une maîtresse royale en place et de sa jeune favorite.

Il n'imaginait pas combien il avait raison. Haimei, jeune Chinoise venue d'un empire lointain, compagne de jeu de mademoiselle de Montpensier, avait vécu comme une honte et un déshonneur le rejet de la jeune reine consort, après la mort de son époux, Louis Ier d'Espagne. Rentrée en France avec Louise-Élisabeth, Haimei avait assisté à sa déliquescence tout au long des années suivantes. La jeune Chinoise avait tout vécu aux côtés de mademoiselle de Montpensier. Elle se terrait toujours au palais du Luxembourg, dans les appartements de la fugitive reine d'Espagne, sachant que personne ne l'y retrouverait. Ce palais avait été le lieu de déchéance de Louise-Élisabeth et d'Haimei qui n'avait pas songé à regagner son pays. Oh, certes, elle pouvait contacter son ami herboriste, Li-Fang. Il l'avait aidée, d'ailleurs, il l'avait suppliée de rentrer chez elle, mais elle avait tout de même désiré rester en France.

Un jour pluvieux de l'année du retour en France de mademoiselle de Montpensier, Haimei, vêtue d'une robe à l'occidentale et d'une cape couvrant ses cheveux, s'était rendue jusqu'à l'herboristerie. Li-Fang se trouvait à sa place, traçant des idéogrammes sur un rouleau de parchemin. Lorsqu'il vit qu'une personne entrait dans son humble boutique, il releva la tête et remarqua que la femme baissait la sienne. Elle cachait son visage dans l'ombre de la pièce et avec sa capuche. Lorsqu'elle releva la tête, Li-Fang fut surpris et lâcha ses outils d'écriture. Quittant son comptoir, il se précipita vers sa compatriote et la serra dans ses bras, dans un geste d'affection inhabituel. Gênée, mais heureuse, Haimei posa sur lui un regard empli d'émotions :

— Bonjour, Li-Fang, je suis rentrée il y a peu, avec la reine Louise-Élisabeth.
— Oh, mais où habitez-vous, très chère ?
— À Luxembourg, auprès d'elle. Nous ne sommes que toutes les deux, maintenant. Et si je n'étais pas là, elle serait entièrement seule, soupira la jeune Chinoise.
— Mais, Haimei, vous n'êtes pas vraiment concernée par son sort… Pourquoi restez-vous ?

Haimei rougit. Comment pouvait-elle révéler la nature des sentiments qui la liait à l'ancienne demoiselle de Montpensier ? Ce n'était pas quelque chose d'habituel, Li-Fang ne pourrait comprendre. Cependant, en observant Haimei, l'homme comprit. Il n'en révéla rien. Il savait qu'Haimei ne lui aurait pas pardonné une remarque méprisante sur ce qu'elle ressentait pour Louise-Élisabeth, et cela ne le regardait pas. De plus, il ne souhaitait pas perdre son amitié ni perdre sa trace. Le père d'Haimei était un fonctionnaire impérial très haut placé au sein de l'empire de Chine et ils s'écrivaient de longues lettres afin que Li-Fang l'informe de ce qu'il se passait en France. De plus, le vieil homme s'occupait avec plaisir d'Haimei qu'il considérait comme sa fille. La savoir seule aux côtés d'une reine d'Espagne oubliée n'était pas pour lui plaire, mais il n'avait pas le choix. Aussi soupira-t-il en fouillant dans le comptoir de sa boutique, et tendit une bourse à la compagne de la très brève reine Louise-Élisabeth d'Espagne.

— Tenez, mon enfant. De l'argent qui est arrivé de Chine voilà quelque temps et qui vous attend depuis lors. Lorsque vous reviendrez me voir, je vous en donnerai de nouveau. Promettez que vous allez revenir me voir !

En lui donnant la bourse, Li-Fang referma ses mains sur celles de la jeune femme. Haimei le considéra, les yeux brillants de larmes contenues.

— Je reviendrai. Je vous promets de vous apporter une lettre à adresser à mes parents.
— Elle sera transmise, fit le vieil homme.

Haimei resta avec Louise-Élisabeth d'Orléans, qui n'avait alors pas vingt ans. Elle observait le roi Louis XV qui menait grand train auprès de son épouse Marie, mais aussi de sa toute première maîtresse. La jeune Chinoise tint compagnie à Louise-Élisabeth, qui avait perdu le sens au palais du Luxembourg. Haimei pleura bien des fois. La solitude de sa vie confinée dans ce palais la torturait. La déchéance de Louise-Élisabeth d'Orléans la torturait plus encore.

Depuis qu'elles avaient quitté l'Espagne, personne ne s'était préoccupé de l'ancienne reine. Haimei fut sa seule compagne et amie, plus qu'une amie, même. Elle nourrissait des sentiments très forts pour la belle Louise-Élisabeth, qui se laissait dépérir de chagrin. Très souvent, la nuit, la fugitive reine d'Espagne pleurait et s'enivrait. Haimei apprit à couper son alcool avec de l'eau, mais cela ne suffit pas à endiguer son assuétude. Haimei se désespérait et s'étiolait, de même que s'étiolait son amante. La rage anima alors Haimei. La rage de constater que son amie se flétrissait, la rage de constater que plus personne ne souhaitait parler du « problème Louise-Élisabeth ».

Toute cette rage accumulée augmenta encore d'un cran lorsqu'elle rencontra Thibalt de Montfort à l'improviste, alors qu'elle se rendait chez Li-Fang, qui reconnut Haimei et lui agrippa le bras. Il n'avait pas changé, malgré les quelques années qui s'étaient écoulées depuis leur rencontre. Thibalt, vêtu de sa couleur fétiche, le bleu nuit, était fringant. Ce n'était pas le cas d'Haimei qui avait perdu de sa fraîcheur. Elle le contempla d'un air glacial et le jeune homme s'en étonna.

— Haimei, tu es de retour parmi nous ?
— Apparemment, répondit-elle sur un ton d'une froideur incommensurable.
— Mais… pourquoi ne reviens-tu pas à Versailles ? S'inquiéta-t-il.
— Parce que je ne peux quitter une personne qui m'est chère.
— Mais, Haimei, je t'ai écrit en Espagne, tu ne m'as jamais répondu.
— Je n'avais pas le temps, marmonna-t-elle, de plus en plus ennuyée.

Thibalt la contempla et fut surpris de l'air revêche d'Haimei. Il la relâcha.

— Je crois que tout est dit, Haimei. Si tu dois revenir à Versailles, je t'y verrai avec plaisir.
— N'y compte pas. Ce ne sera pas le cas, lui assura Haimei.

Elle laissa Thibalt de Montfort, le regard perdu et amer. Celle pour laquelle il avait éprouvé une si grande admiration n'existait plus.

Chapitre 10

Au moment où Haimei revint au palais du Luxembourg, elle retrouva Louise-Élisabeth ivre. Haimei se mit à pleurer. La reine délirait et le contenu d'une bouteille s'était vidé sur elle, abîmant ainsi sa belle robe. Son amie ne sut pas comment régler la situation et dut appeler deux valets pour maîtriser Louise-Élisabeth d'Orléans. Haimei conçut alors une terrible rancœur envers celles qui se prétendaient maîtresses royales et dont les privilèges surpassaient ceux des princesses royales.

Les années avaient passé et Louise-Élisabeth avait perdu la raison. Haimei ne put jamais totalement la guérir ni refaire d'elle celle qu'elle avait été par le passé. De ce fait, la Chinoise sombra dans une noire mélancolie. Elle ne trouvait que ce mot pour qualifier son état. Elle avait perdu mademoiselle de Montpensier, ou du moins l'esprit de la jeune femme. Haimei, qui la veillait avec dévotion et amour, n'alla plus voir Li-Fang. Le monde changeait autour d'elle et à présent, on était aux règnes des sœurs Nesle. Louis XV se délectait de ces jeunes femmes qui avaient reçu une meilleure éducation que Louise-Élisabeth d'Orléans. Tout le monde les appréciait et elles avaient éclipsé la perfide marquise de Prie. Cette dernière mourut en 1727, alors qu'Haimei venait d'entamer sa vingtaine, toujours au chevet de mademoiselle de Montpensier. Toutes deux fêtèrent, au palais du Luxembourg, la mort de la marquise de Prie. La jeune Haimei n'aima jamais

Louise-Élisabeth autant que ce jour-là. Elles se couchèrent, nues et heureuses, Haimei la tête dans le creux de l'épaule de sa reine.

Par la suite, la santé de Louise-Élisabeth se dégrada et Haimei ne sut comment la guérir. Elle se rendit chez l'herboriste afin de lui commander quelques remèdes pour sa reine. Le vieil homme était beaucoup plus parcheminé qu'avant ; Li-Fang se montra désolé pour Haimei en apprenant que la santé de sa compagne se détériorait de plus en plus. Il ne pouvait que tenter de la soulager en lui préparant des remèdes, mais il ne cessait de rappeler que seule la médecine pourrait quelque chose pour la jeune femme. Haimei répliquait qu'elle avait écrit à la famille de sa reine, mais que nul ne lui avait répondu. Louise-Élisabeth n'existait plus pour personne. L'Espagne l'avait depuis longtemps oubliée et sa famille ne souhaitait plus rien donner pour elle. Il n'y avait personne qui l'attendait, sinon Haimei. Cette dernière, pleine de douleur, demandait à Louise-Élisabeth de tenir bon. La malade hurlait et Haimei s'accrochait à ce pauvre corps, suppliant sa reine de rester auprès d'elle. Malheureusement, la demoiselle de Montpensier mourut, laissant Haimei affligée et… pétrie de haine.

Au cours des années qui suivirent, la jeune éplorée hanta le Luxembourg, se demandant comment se venger. La marquise de Prie était morte, Haimei n'avait plus aucune cible. Elle sut reporter sa haine sur celui qu'elle accusa du sort de sa bien-aimée, Louis XV. Elle chercha comment se venger de lui, comment lui causer du tort. Et elle trouva. Elle allait introduire la mort tel un cheval de Troie. Celui-ci prendrait la forme d'une belle jeune femme. Le soir où elle fomenta son plan, Haimei but une bouteille d'un vin plus âgé qu'elle, piochée dans l'une des caves du palais. Elle sut qui elle allait contacter pour procéder à sa vengeance.

***

Alors qu'elle se trouvait à la cour d'Espagne avec Louise-Élisabeth, Haimei s'était liée avec d'autres dames de compagnie de la jeune reine. Son côté exotique, sa prononciation du français, tout cela faisait d'elle une dame de cour fort appréciée. Haimei portait des couleurs sombres pour ne pas éclipser sa reine, ce qui était apprécié de sa part. Elle instaura ainsi une mode auprès des dames de la cour de Louise-Élisabeth de Montpensier. Les dames suivirent bien volontiers l'exemple d'Haimei. L'une d'elles se lia particulièrement à la Chinoise. Elle se nommait Céleste de Saulnes, fille unique et adorée d'un baron de Lozère. Cette jeune baronne avait été l'une des compagnes de Louise-Élisabeth d'Orléans dès son plus jeune âge, leurs pères respectifs ayant servi ensemble. L'amitié entre les deux hommes fut prolongée par celle de leurs filles respectives.

Céleste de Saulnes, si belle et si pieuse, cachait une petite chose qui risquait de lui valoir sa place de demoiselle de compagnie de la jeune reine d'Espagne. Elle n'osait s'en ouvrir à quiconque. Souvent, à la nuit tombée, elle marchait dans les couloirs du palais espagnol, rongée par l'angoisse, songeant à la faute qui avait été la sienne et aux bras de ce jeune marquis d'Aulrac qui l'avaient étreinte. Cependant, un soir, épuisée, Céleste de Saulnes tomba à genoux dans l'un des couloirs et s'effondra en larmes. Ses pleurs furent entendus par Haimei qui sortit et la prit dans ses bras pour la réconforter.

— Venez, Céleste, on ne doit pas vous voir comme ça. Songez que Louise-Élisabeth est surveillée. Qui sait ce qu'ils feraient si des gens de la cour vous découvraient ainsi ?
— Je… je… gémit la pauvre Céleste. Je…
— Allons, venez avec moi, la calma Haimei. On va vous aider.

Céleste raconta toute la situation à Haimei. Elle avait fauté, attendait un enfant hors mariage et ne ressentait aucun amour pour cet enfant. Elle souhaitait l'abandonner, mais Haimei y vit une occasion. Elle souhaitait, au contraire, que Céleste garde cet enfant et accepte l'union avec le marquis d'Aulrac. Cette union leur serait profitable, à Louise-Élisabeth d'Orléans, Céleste et Haimei pour plusieurs raisons. L'enfant qui naîtrait aurait pour mission de les venger. Quand et comment… Haimei l'ignorait à ce moment-là, mais elle parerait à toute éventualité. Au départ, elle comptait utiliser l'enfant qui avait été baptisée Azélie pour venger son amante du traitement dont elle faisait l'objet à la cour d'Espagne.

Céleste de Saulnes d'Aulrac était rentrée en Lozère pour accoucher et pour s'y marier bien avant le retour d'Espagne de Louise-Élisabeth et d'Haimei, mais toutes trois étaient restées en contact.

Au fur et à mesure que le temps passait et que la demoiselle d'Orléans tombait dans l'oubli, Haimei décida de se venger du roi et des maîtresses royales. Elle ne savait pas comment utiliser Azélie d'Aulrac, jusqu'à ce que sa mère lui écrive pour lui annoncer une nouvelle qui allait la décider sur l'art et la manière de procéder.

La fille de Céleste allait sur ses seize ans et l'on parlait de sa beauté hors des frontières de Lozère. Le roi Louis XV, qui avait vu des portraits publiés dans des feuilles de journaux, en était devenu fou. Il avait écrit à Céleste pour l'inciter à accompagner sa fille à la cour. Celle-ci ne ferma pas la porte aux souhaits du souverain, car cela ne pourrait qu'être source de grand honneur pour sa famille. Cependant, le destin en décida autrement. En effet, alors qu'Haimei avait repris sa correspondance avec Céleste, cette dernière lui répondit que sa fille Azélie venait de mourir, et qu'elle en était soulagée. Au Luxembourg, Haimei en prit son parti et rédigea une missive à l'attention de Céleste. Cette missive comportait une phrase précise :

> *« Surtout, ne dis à personne qu'Azélie est morte. Conserve son corps dans un endroit frais, j'arrive tout de suite. »*

Le marquis d'Aulrac suivit sa fille dans la mort, dans des circonstances tout aussi mystérieuses. Cette fois, Haimei, présente dans les terres froides de Lozère, n'enjoignit pas à Céleste de cacher la mort de son mari. Au contraire, elle lui demanda de vanter la beauté de l'une et de pleurer la mort de l'autre. Céleste détestait cette fille et ce mari qui avaient sonné le glas de son activité de dame de cour, activité qu'elle adorait par-dessus tout. Elle n'avait ressenti aucun amour, ni pour cette fille qui l'insupportait, ni pour son mari. Aussi, elle ne fut pas peinée lorsqu'on lui apprit la mort de son époux. Elle porta le deuil, juste ce qu'il fallait. Concernant Azélie, Céleste agit comme Haimei le lui avait demandé. Aussi, la jeune fille parut aux réceptions et aux dîners donnés par les familles les plus nobles de Lozère. Bien sûr, ce ne fut pas la véritable Azélie que l'on vit. Céleste avait choisi une jeune femme qui pouvait se faire passer pour sa fille défunte. Haimei ne voulait pas d'une jeune fille pouvant éprouver des sentiments et ainsi la gêner dans le plan qu'elle allait mettre à exécution. Lorsque Haimei parvint en Lozère, elle trouva Céleste infiniment soulagée de la disparition de son mari et de sa fille. La jeune personne qui dînait à sa table et qui se faisait passer pour Azélie ne dirait jamais rien, trop heureuse d'être nourrie. Elle était digne de confiance et Haimei apprécia cette grande qualité. Mais Céleste devait poser une question à Haimei. Elle lui demanda :

— Que comptes-tu faire du corps de ma fille ?

— J'ai expérimenté quelques techniques sur les corps en Chine. J'avais envisagé de faire médecine. Mes parents, très fiers, m'avaient prodigué quelques cours, raconta Haimei d'un air mystérieux.
— Attends, tu veux faire des expérimentations sur ma fille ? s'écria Céleste.
— Nous n'avons pas le choix, si nous voulons venger notre bien-aimée Louise-Élisabeth.

Céleste n'avait jamais eu la fibre maternelle. En y réfléchissant, dans son lit, elle se persuada qu'Haimei avait peut-être raison concernant l'utilisation du corps de sa fille. Elle voulait donner un sens à la vie de sa fille et à son propre sacrifice en tant que mère. Elle avait quitté sa vie avec la duchesse d'Orléans pour une autre vie qu'elle haïssait, à la campagne, dans cette région de Lozère. Désormais, Louise-Élisabeth était morte. Azélie aussi était morte. Mais elle devait apporter sa contribution, même après sa mort. Le jour suivant, Céleste d'Aulrac se dirigea vers Haimei, qui prenait un petit-déjeuner consistant, composé d'œufs et de pain. Haimei lut un changement dans le regard de la marquise d'Aulrac. Cette dernière déclara à son amie :

— C'est bon, Haimei, tu pourras disposer du corps de ma fille comme bon te semble.

Haimei sourit à pleines dents, dévoilant un côté dément qui avait échappé à la marquise d'Aulrac, jusqu'à présent. Cette dernière frissonna, songeant qu'elle confiait le corps de son enfant à une folle. Certes, elle ne l'avait jamais aimée, mais elle avait donné vie à cette enfant qui n'avait vécu qu'à peine seize années sur cette terre. Elle était néanmoins fascinée par la science et par tout ce qu'Haimei pourrait faire pour exercer leur vengeance à grande échelle.

Haimei fit transporter le corps dans le sous-sol du manoir de la marquise et commença ses expérimentations. De temps en temps, elle ressortait à l'air frais, sa robe tachée de sang et avec des instruments de torture dans les mains. Lorsqu'elle sortait, les domestiques de la marquise d'Aulrac la fuyaient, car ils pensaient que la Chinoise portait malheur. Les terres de la marquise d'Aulrac devinrent désolées, comme si les gens voulaient ignorer cette demeure. Céleste ne s'en formalisa plus. Elle détestait la Lozère, elle détestait les habitants du coin et préférait la compagnie d'Haimei qui travaillait à sa vengeance. Elles vécurent quelques semaines comme cela. Céleste apportait de la nourriture à Haimei dans la pièce qu'elle lui avait allouée dans son manoir et elle ne s'étonnait plus de l'odeur pestilentielle qui s'en échappait. Haimei semblait toujours aiguiser ses couteaux pour découper la chair de son enfant, mais Céleste n'en avait cure. Elle ne tentait pas de savoir ce qu'Haimei manigançait. Elle lui faisait confiance et la marquise déchue s'amusait beaucoup d'en découvrir le résultat. Certains pensaient que ces femmes s'adonnaient à des plaisirs « contre-nature » selon les termes en vigueur. Il n'en était rien. Céleste d'Aulrac ne nourrissait pas de sentiments pour Haimei. Quelques jeunes curieux tentèrent de s'introduire dans le manoir des Aulrac, afin de savoir ce qu'il s'y tramait, mais ils furent repoussés par l'invitée qui travaillait pour la marquise. La jeune fille raconta à Haimei et à la marquise ce qu'elle avait fait. Toutes les trois se mirent à rire et se dirent que les jeunes gens ne tenteraient plus l'expérience de venir les espionner.

Bientôt, Haimei eut achevé sa tâche. Un jour d'hiver 1738, alors que la marquise d'Aulrac vantait la beauté de sa fille à l'unique dîner où elle était conviée dans la région, Haimei attendit son retour pour lui annoncer l'extraordinaire nouvelle.

— Elle est prête, Céleste ! Elle est prête. Nous allons pouvoir l'envoyer à Versailles.
— Enfin ! s'écria la mère qui avait sacrifié sa belle enfant sans remords.
— Viens donc la voir ! Lui intima Haimei.

En allant voir sa défunte enfant dans la cave, la marquise d'Aulrac se figura ce qu'Haimei avait accompli. La marquise d'Aulrac en fut sans voix. Elle put seulement dire :

— Nous entrerons dans les annales, grâce à tout ce que tu as accompli, Haimei.

L'intéressée était enfin satisfaite de son œuvre. Elle rentrerait au Luxembourg et resterait dans l'ombre. Elle serait l'éminence grise derrière la venue de la jeune marquise d'Aulrac à Versailles.

Chapitre 11

Thaïs fut distraite les jours qui suivirent l'horrible vision qu'elle avait eue. La peur de la Bastille et de l'enfermement par le roi l'obligea à se mettre en retrait et à rester éloignée de la comtesse de Vintimille. La jeune fille ne quittait plus ses appartements à Versailles. Cependant, lors d'un soir frais de printemps, elle voulut marcher près d'une fontaine qu'elle affectionnait particulièrement.

Mais il était dit que Thaïs ne pourrait contempler la fontaine en paix. Un vent violent se leva et fit s'envoler la cape sombre qu'elle portait. Quelques dames passant par là s'arrêtèrent et devinrent pâles en raison de la scène à laquelle elles furent obligées d'assister. Ce qu'elles virent les sidéra tellement qu'elles décidèrent rapidement quoi faire. La plus âgée d'entre elles hurla :

— Va prévenir Thibalt de Montfort ! Vite ! Il saura comment faire !
— Où se trouve-t-il ? Gémit la messagère, alarmée.
— En ce moment ? fit une autre. Chez la reine !

La jeune messagère partit en courant chercher le croquemitaine. Quant à Thaïs, elle n'était plus elle-même. Elle s'approchait peu à peu des dames en riant, mais ses mains grattaient ses bras jusqu'au sang. Du sang encore coulait de son visage et avait maculé son corsage. La pâleur de sa peau contrastait avec le sang qui continuait d'affluer telle une rivière. Elle marchait de manière étrange et les dames s'affolèrent, car Thaïs s'arrachait la peau des bras. Elle n'avait pas l'air d'avoir mal. Les gardes se trouvaient là et n'osaient l'aborder, de peur de la blesser encore plus.

La jeune messagère avait fini par trouver Thibalt de Montfort. Ce dernier lisait un recueil de contes à la souveraine, et était bien aise de le trouver près d'elle et non plus avec la comtesse de Vintimille. Les gardes laissèrent passer la jeune messagère qui entra en trombe dans la pièce. Les dames et la reine furent offusquées, mais, esquissant une révérence rapide, la jeune femme déclara :

— Monsieur de Montfort, il faut absolument que vous veniez dans le jardin, près de la fontaine d'Aphrodite. Mademoiselle de Chancy, elle est en sang ! Nous sommes mortes de peur.

Tous poussèrent des exclamations d'effroi et la reine intima :

— Allez-y, Thibalt, vous seul pouvez faire quelque chose, sans doute.

Pendant que Thibalt se préparait à intervenir, la scène devenait de plus en plus étrange. Les courtisans s'amassaient autour de Thaïs, qui soliloquait :

— Elles me font du mal, elles me font du mal. Je n'ai plus mon corps…

Elle répétait ces mots sans cesse, si bien que certains commencèrent à se demander si elle ne recevait pas ces paroles de l'au-delà. Des courtisans tentèrent de l'empêcher de s'écorcher, mais elle les envoya valdinguer avec une force incroyable.

Lorsque la messagère revint avec Thibalt, l'homme fut saisi par ce qu'il voyait. Thaïs, écorchée, ne se laissait pas attraper par les courtisans qui cherchaient à lui agripper les mains pour qu'elle cesse de se mutiler. Thibalt reprit son sang-froid et reporta son attention sur les yeux myosotis de la jeune femme, devenus presque blancs. Puis, il entendit ce qu'elle marmonnait en boucle et demanda aux courtisans qui essayaient en vain de mettre fin à l'état de transe de Thaïs :

— Avez-vous compris ce qu'elle disait ?
— Oui, lui répondirent certains d'entre eux.

L'un des courtisans lui répéta la phrase de Thaïs :

« Elles me font du mal, elles me font du mal. Je n'ai plus mon corps. »

Sur le moment, Thibalt ne souhaitait pas décrypter la phrase. Il savait qu'elle avait un sens, mais il se pencherait dessus plus tard. Il se concentrait d'abord sur Thaïs dont le sang coulait toujours plus. Il s'approcha si près d'elle, qu'il put humer l'odeur terrible du sang. Il la prit aux épaules et la força à s'arrêter. Il murmura d'une voix apaisante :

— Allons, Thaïs, c'est fini, maintenant. Revenez parmi nous !

À l'énonciation de cette phrase prononcée avec inspiration par Thibalt, Thaïs s'effondra dans ses bras. Le duelliste s'écria alors :

— Que quelqu'un vienne m'aider à la transporter !

Des gardes se précipitèrent vers eux.

Rose Marsac, la portraitiste qui avait partagé brièvement le lit du duelliste, assista à cette scène pour le moins effrayante : elle s'était demandé si une quelconque inclination n'était pas venue à son ex-amant, lui qui était si fermé et intraitable avec la chose amoureuse. D'aucuns auraient pu penser que c'était le cas. Mais la femme peintre voulait s'en assurer. Rose Marsac n'avait plus rien à perdre et elle voulait juste s'assurer que Thibalt ne s'engagerait pas dans une aventure qui le dépasserait une nouvelle fois. Elle se promit d'interroger son ancien compagnon et de lui enjoindre de garder son cœur. Il était évident que Thaïs de Chancy n'était pas seulement une jeune fille pauvre de la noblesse.

Les jours suivants, la comtesse de Vintimille veilla à nouveau sur Thaïs. La femme enceinte ne s'acquitta pas de ses devoirs auprès du roi, qui en fut fort contrarié. Le roi entra dans les appartements. Les personnes présentes dans la pièce – la comtesse de Vintimille, deux de ses dames de cour et la servante de Thaïs – furent effrayées par la démarche du souverain. Ce dernier se planta au bout du lit de la jeune médium et darda sur elle un regard terrible. Il n'en montra rien, mais les écorchures profondes qu'elle avait sur le visage, résultat de son automutilation, le choquèrent profondément. Chaque centimètre de ses bras en était couvert également. Louis XV se tourna vers sa maîtresse et tonna :

> — Madame, j'exige que vous rentriez dans vos appartements et que vous laissiez mademoiselle de Chancy à la garde de sa servante. Vous nous manquez !
> — Sire… elle est gravement blessée ! Et c'est sans doute par ma faute.
> — Nous nous en moquons, lança le roi. Reprenez votre place auprès de nous.

La comtesse de Vintimille soupira profondément et dut obéir au roi. Restée seule avec Thaïs, elle lui caressa la joue et ne réprima pas un frisson lorsqu'elle sentit les écorchures sous ses doigts.

> — J'ai l'impression que je vous ai fait prendre beaucoup de risques, Thaïs.
> — Non, j'aurais dû y être confrontée tôt ou tard, murmura Thaïs sous ses bandages.
> — J'ai accéléré le moment, répliqua la comtesse sur un ton triste.
> — Ne vous morigénez pas, madame, assura Thaïs. Je ne sais pas encore ce que tout cela signifie, mais je le saurai bientôt.

Pendant ce temps, Thibalt de Montfort avait été convoqué par le roi qui lui avait intimé l'ordre de surveiller Thaïs et avait décrété qu'à présent elle dépendrait de lui.

— Écoutez, Montfort. Si jamais la comtesse devait assister à nouveau à une telle scène, je vous promets que vous seriez envoyé à Cayenne et que je mettrais Thaïs de Chancy dans le bateau avec vous. Est-ce bien clair ?
— Oui, Votre Majesté.
— Bien ! Sortez et ne venez pas gâcher l'arrivée d'Azélie d'Aulrac.

Le mois de juin 1739 se déroula sans autres incidents à Versailles. D'autres portraits parvinrent au roi pour vanter la beauté de la jeune marquise d'Aulrac. Il était plus enthousiaste que jamais à l'idée de la recevoir et avait fait parvenir des missives enflammées en Lozère. La comtesse de Vintimille se morfondait de plus en plus, tandis que Thaïs se remettait.

Thibalt se rendit chez Thaïs afin de lui expliquer ce qu'elle devrait faire pour que le roi ne l'enferme pas à la Bastille sous le coup de la colère. Ce travail n'enchantait pas le duelliste, même s'il savait ce dont le souverain était capable. Il fit savoir à la jeune femme :

— Essayez de ne pas vous mettre dans un drôle d'état lorsque vous serez près de la comtesse de Vintimille.

— Ça ne se fait pas sur commande, répondit-elle calmement. Croyez-moi, je dois rester près de la comtesse. Elle aura besoin de moi.
— Mais qu'est-ce qui a provoqué votre crise ? S'enquit le duelliste.
— Je ne sais pas. J'ai l'impression que c'est quelqu'un d'autre qui voulait parler à travers moi, tenta d'expliquer Thaïs.

Thibalt ne comprenait pas. Il n'imaginait surtout pas la chose possible et pensa que la jeune femme devait être encore faible et délirante. Il revint tous les jours la voir. Quelquefois, il restait muet. Il la regardait se remettre doucement, sans jamais se plaindre. Il lui enlevait ses bandages au visage, lui passait du baume sur ses écorchures et lui expliquait ce qu'il avait noté à propos des idéogrammes chinois qu'elle lui avait transmis. À ce moment-là, les mains de la jeune médium furent prises d'un irrépressible tremblement et Thibalt posa ses mains sur les siennes. Il se doutait qu'Haimei avait quelque chose à voir avec cela, mais il ne faisait toujours pas le lien avec Azélie d'Aulrac. Il manquait un maillon de la chaîne. Il réfléchit pendant que Thaïs dormait, le visage bandé et bleui, tourné vers lui.

La cour se moquait de Thibalt et de son adoucissement au contact de la jeune médium. Le duelliste ne combattait plus.

Néanmoins, contrairement aux courtisans, trois personnes se réjouissaient. Il s'agissait du roi Louis XV, de la reine Marie, et surtout de la comtesse de Vintimille. Tous trois avaient leurs raisons, mais elles étaient toutes aussi importantes. Le roi était heureux parce que Thibalt ne pensait plus à dueller. La reine était heureuse parce que Thibalt semblait se ranger. La comtesse de Vintimille était *très* heureuse, parce qu'elle se sentait l'âme d'une marieuse et qu'elle se représentait le mariage de sa protégée et de celui que l'on appelait malgré tout le croquemitaine.

Thibalt pensa fouiller dans le passé d'Haimei et découvrir quel était son lien avec la jeune Azélie. Mais la Chinoise avait beaucoup vadrouillé par le passé et il ne savait par où commencer. Il se décida alors à composer l'arbre généalogique d'Azélie d'Aulrac, en espérant obtenir d'importantes clarifications. Se rendant dans une bibliothèque de la noblesse, connue seulement de l'aristocratie, Thibalt se heurta à son ancienne amante, Rose Marsac, qui sortait des appartements d'une des sœurs du roi. Il l'observa d'un œil froid, se disant que l'attraction qu'il avait ressentie pour elle était bien morte. Quant à Rose, elle plissa les sourcils, et sentit cela également. Elle avait un temps conservé un peu de désir pour cet homme, mais cela s'était évaporé. Elle savait qu'il passait toutes ses journées avec Thaïs de Chancy. Aussi, Rose Marsac prit la parole :

— J'ai assisté à la scène avec Thaïs de Chancy. Tu as su la consoler et calmer ses angoisses. Je ne savais pas que tu étais chaperon pour jeunes filles pauvres.

— Ne sois pas méprisante, veux-tu ?

— C'est une jeune fille, Thibalt ! s'exclama Rose à mi-voix. Ne va pas lui voler son innocence uniquement pour t'en amuser.

— Je te trouve bien magnanime, pour le coup, s'esclaffa Thibalt, provocant. Es-tu sûre que tu t'inquiètes pour mademoiselle de Chancy, ou est-ce parce que je ne viens plus dans ton lit ?

— Tu n'es qu'un fieffé coquin ! s'écria Rose Marsac. Je te souhaite le pire et à cette gamine également !

— Je ne te connaissais pas si vindicative, réprouva le combattant.

— La cour se moque de toi ! Se rebiffa l'artiste. Elle se gausse de ton inclination, car tu ne duelles plus.

Thibalt s'arrêta et ferma les yeux. Il avait en face de lui une harpie furieuse qui ne voulait que son mal. Il se souvint de Thaïs lui conseillant de ne pas dueller. Il se dit alors que la jeune fille préservait sa vie, tandis que Rose s'en moquait, lui préférant le scandale dont il était l'objet. Il se rapprocha d'elle, et se pencha à son oreille pour murmurer :

> — Qu'ils osent seulement me le dire en face. Ils verront si la passion du duel m'a quitté. Ce qui te différencie de mademoiselle de Chancy, c'est l'âme. Son âme est plus lumineuse que la tienne. Et surtout, elle ne voit pas en moi le duelliste.

À ces mots, Rose comprit que Thibalt lui attribuait un rôle détestable, et s'avoua qu'il avait raison. Se voir telle qu'elle était réellement lui fut insupportable et elle gifla Thibalt. La peintre s'éloigna, furieuse. Elle se retourna un instant, les yeux emplis de larmes de rage, mais ne pleurant point. Lorsqu'elle vit que Thibalt ne la contemplait plus et ne se souciait plus d'elle, elle baissa la tête, accusant sa défaite. Puis, elle quitta Versailles, se promettant de garder son cœur le plus éloigné possible de ces courtisans sans foi ni loi.

Thibalt se questionnait lui-même en se rendant à la bibliothèque de la noblesse à Versailles. Était-il amoureux de Thaïs ? Il ne parvenait pas réellement à répondre. Cependant, il était fasciné par ce qu'elle vivait en tant que médium. Il venait de franchir les portes d'un monde qu'il souhaitait explorer de plus près.

Chapitre 12

En se rendant à la bibliothèque de la cour, Thibalt était en quête d'indices pour lever le voile sur le mystère qui planait autour d'Azélie d'Aulrac. Lorsqu'il se renseigna pour connaître la filiation de la jeune femme, la bibliothécaire lui apprit seulement le nom de sa mère : Céleste de Saulnes, d'Aulrac. Thibalt voulut savoir également si Céleste de Saulnes faisait partie des dames de la cour de Louise-Élisabeth d'Orléans. La bibliothécaire déclara qu'elle ne le savait pas. Elle pouvait seulement lui indiquer l'ascendance d'Azélie. Thibalt repartit avec un nom et beaucoup d'interrogations. En déambulant dans les couloirs de Versailles, il eut une idée. Il se demanda si le souverain lui-même pourrait le renseigner à propos de Céleste de Saulnes.

En ce jour de juin 1739, Azélie d'Aulrac arrivait enfin à Versailles. La beauté de la jeune femme était célébrée avec raison. Dotée de grands yeux verts et auréolée d'une couronne de cheveux de jais, plus ébène encore que ceux de Thibalt, sa peau de pêche et sa taille très fine en faisaient un être somptueux.

Thaïs de Chancy s'était remise de ses blessures et son visage s'était réparé. Thibalt était resté à son chevet, lui rapportant son hypothèse concernant Céleste de Saulnes et Haimei, dont le lien aurait pu être la fugitive reine d'Espagne, Louise-Élisabeth d'Orléans. Il précisa qu'il aurait aimé demander au roi s'il connaissait quoi que ce soit sur le passé de Céleste de Saulnes, mais Thaïs le convainquit de ne lui en point parler.

— Le roi ne paraît pas se souvenir de la mère d'Azélie. Il aurait fallu trouver un ouvrage sur le séjour en Espagne de Louise-Élisabeth d'Orléans. Mais peut-être que cela n'existe pas…
— Je vais me renseigner, assura Thibalt.

Seulement, si la bibliothécaire de la cour ne disposait pas d'ouvrages de ce genre, il ne savait pas à qui il pourrait le demander.

**

Peu avant l'arrivée d'Azélie d'Aulrac à Versailles, Haimei et Céleste avaient accompli leurs derniers préparatifs. La marquise buvait plus que de raison et elle s'évanouit en observant sa fille marcher comme si elle était vivante, sa peau toujours fraîche et rose. Le miracle de taxidermiste accompli par Haimei s'arrêtait là. Elle n'avait pu lui redonner la parole. Aussi avait-elle usé d'un stratagème aussi inhumain que terrible :

— Comment feras-tu ? S'enquit Céleste, tremblant à l'idée d'être découverte.
— Nous avons des sympathisantes à Versailles, parmi les dames proches des Orléans, répliqua

Haimei. J'ai écrit à l'une d'elles. Elle fera parler Azélie.

— Mais on connaît sa propre voix ! Se récria Céleste.

— Ne t'inquiète de rien, la tempéra Haimei. Cette dame a des filles de l'âge d'Azélie dont on ne connaît ni l'apparence ni la voix. Je lui ai envoyé des instructions, ainsi qu'une somme rondelette d'argent que j'ai reçu de Chine. La lettre a été portée par Li-Fang à sa destinataire.

« C'est diabolique, mais efficace », songea Céleste.

Elle se recommanda à Dieu, alors que sa fille roulait vers Versailles. Céleste était habitée par des sentiments contradictoires et se sentait condamnée par son acte contre nature. Avoir rendu la vie, même brièvement, à sa fille par l'entremise d'Haimei, l'entraînerait inexorablement vers la mort, si le complot machiavélique mis au point par Haimei était découvert.

Lorsqu'Azélie arriva à Versailles, Haimei s'éclipsa dans le palais. Elle était attendue par sa complice, la baronne de Chastelbrac, dont la fille parlerait à la place d'Azélie. Haimei voulait parfaire les derniers détails de la supercherie. Elle ne se cacha même pas lorsqu'elle entra. Elle était considérée comme une amie de la France et le seul qui pourrait s'inquiéter de sa présence serait Thibalt. Haimei déclarerait qu'elle se rend voir une amie, parente de Louise-Élisabeth d'Orléans.

Haimei partit rejoindre la baronne dont la fille n'était pas encore connue du roi ni de la cour. Accompagnée par sa mère, la jeune conspiratrice portait un masque lui recouvrant tout le visage. Ce masque avait une forme de bec d'oiseau décoré d'or, qui donnait à la jeune personne une allure étrange. On aurait dit une femme oiseau, ce qui était pour le moins surprenant. La mère demanda à la jeune fille :

— Tu as bien appris ton texte ?
— Oui, mère. Pour la reine d'Espagne ! ajouta-t-elle, à voix basse.
— Pour la reine d'Espagne, reprit sa mère sur le même ton.

Dans l'intonation employée par la baronne, complice d'Haimei et de Céleste de Saulnes, l'on sentait la fierté d'avoir élevé une fille qui n'hésitait pas à se battre pour ses convictions. Elle avait indiqué à Haimei où le roi trônerait dans la salle de réception. Louis XV avait exigé que tous les courtisans de cette soirée fussent masqués, à l'exception de quatre personnes : le roi lui-même, la comtesse de Vintimille, Thaïs de Chancy, et Thibalt de Montfort. L'on murmura que le roi souhaitait tester les capacités de Thaïs et apprendre de sombres secrets sur ses courtisans. Cela coïncidait parfaitement avec les noirs desseins d'Haimei. Sa comparse à Versailles l'avait renseignée sur cette soirée et Haimei décida que ce serait le moment où sa vengeance serait mise en œuvre. La jolie Chinoise se prépara dans les appartements de son amie, où elle se para d'un masque plus sobre que celui de sa jeune complice. Elle avait mis au point un stratagème concernant l'amplification de la voix de la doublure d'Azélie. L'amplificateur se trouvait dans le bec d'oiseau décorant le masque de la jeune fille. Ainsi, personne ne pouvait deviner le subterfuge. Personne, hormis Thaïs, ne pouvait découvrir la supercherie. Mais Haimei ignorait tout de la médium du roi Louis XV.

***

Lorsqu'Azélie d'Aulrac était arrivée à Versailles, Lebel, premier valet du roi, s'était occupé d'elle. Le premier valet, ayant l'habitude de s'occuper des jeunes personnes dont le roi s'entichait, avait prévu pour la jeune femme des appartements proches de ceux du souverain. Ils étaient néanmoins assez éloignés de ceux de la baronne de Chastelbrac, mais Haimei ne s'en était pas inquiétée. Azélie n'était qu'un pantin, et elle était sa marionnettiste.

La soirée commença vers dix-neuf heures. Les courtisans étaient masqués selon les souhaits du roi et Azélie finit par lui être présentée. Le roi ne dissimula pas son admiration. Il lui fit compliment et lui accorda quelques mots de bienvenue, alors qu'elle avait enlevé son masque. Elle éclipsait la comtesse de Vintimille et Thaïs, qui n'en furent pas surprises. La comtesse, à un stade avancé de sa grossesse, soupira et prit un air sombre. Azélie s'avança d'abord vers la comtesse de Vintimille qui la salua d'un ton maussade. Par la suite, Azélie se trouva face au croquemitaine et à Thaïs. Les courtisans retinrent leur souffle. Le roi observait très attentivement la scène. Haimei se tenait près du souverain et de la comtesse de Vintimille. Elle découvrit Thaïs et la maudit. Ce qu'elle vit quelques instants après dépassait l'entendement. Elle n'aurait jamais pensé qu'une telle chose fut possible. Sinon, elle aurait préparé son plan en tenant compte d'elle.

Thibalt, quant à lui, s'était préparé à intervenir pour protéger Thaïs. Rien ne s'était produit jusque-là, mais Thibalt savait que cela pouvait arriver. La jeune fille ne contrôlait pas son pouvoir. Thaïs salua Azélie d'une manière tout à fait charmante. Ce fut tout. Un grand silence se fit parmi les courtisans. Les yeux de Thaïs devinrent vitreux et une voix résonna, une voix qui n'était pas la sienne et qui surprit tous ceux qui assistèrent à cette scène. Thaïs énonça lentement à Azélie :

— Je suis tellement désolée pour tout ce qui t'est arrivé. Tu as tellement subi et tu as tellement supporté. Ton âme n'est plus. Tu ne devrais pas être ici, devant nous.

Azélie ne pouvait pas parler, ne pouvait remuer ni ses bras ni ses jambes. Elle était morte. Elle resta immobile face à Thaïs. La jeune doublure qui parlait à la place d'Azélie répliqua, se reprenant :

— Sire ! Que dit-elle, je ne comprends pas ! Que dit-elle ?

Haimei bénit sa jeune complice qui savait si bien se tirer de faux pas difficiles. Elle se promit de faire subir le pire à mademoiselle de Chancy.

— Cela suffit ! Tonna le roi. Nous sommes très déçus de cette soirée ! Que cela cesse ! Je le veux ! Thibalt de Montfort ! Vous allez à la Bastille dès ce soir, je vous avais prévenu.

Thibalt blêmit. Thaïs ne s'était pas réveillée de sa transe. Il hurla, alors que les gardes l'emmenaient :

— Thaïs ! Revenez ! Vous devez revenir parmi nous.

La voix de Thibalt était comme un fil d'Ariane pour Thaïs. Elle s'effondra au sol, une fois ses yeux redevenus myosotis. Elle convulsa aussitôt. De la mousse apparut aux commissures de ses lèvres. C'est alors qu'un courtisan inconnu fendit la cour et s'approcha de la jeune femme. Il se saisit d'un poignard et lui plaça adroitement dans la bouche pour éviter qu'elle ne se morde la langue. Puis, il plaça une main sur le corps de Thaïs pour l'empêcher de bouger. Ainsi, elle se calma.

Haimei avait profité de la confusion pour s'approcher d'Azélie et lui faire quitter la pièce. Quant à la baronne et sa fille, elles partirent elles aussi, profitant de ce moment.

La comtesse se tordit de douleur et poussa un cri perçant. Le roi se précipita auprès d'elle :

— Ma douce amie ! Un médecin, vite !

On emmena la comtesse de Vintimille qui avait commencé le travail d'accouchement.

Chapitre 13

La comtesse de Vintimille mit au monde un minuscule petit garçon qui fut affublé d'un titre de noblesse assorti du nom de son époux. La cour s'en amusa beaucoup et le soir désastreux de l'arrivée d'Azélie d'Aulrac à la cour fut vite oublié. Les incidents passés liés à Thaïs furent oubliés également.

Toute à sa joie d'accoucher, la comtesse n'oublia toutefois pas son amie, pour laquelle elle se tourmentait énormément. Elle demanda à ses suivantes d'aller la chercher. Les domestiques se rendirent jusque chez Thaïs, mais ne la trouvèrent pas. Revenant bredouilles auprès de la comtesse, elles lui firent part de leurs interrogations.

— Nous ne l'avons pas trouvée, madame.
— Mais comment ! Je ne peux même pas lui présenter mon fils, regretta la comtesse.
— Personne ne sait où elle se trouve, madame. Sa servante non plus n'est pas avec elle.

La comtesse, pâle, renfoncée dans ses couvertures, réfléchit un instant. Puis elle s'enquit à nouveau :

— Où se trouve Thibalt de Montfort ?
— Il est prisonnier, madame, depuis le soir de votre accouchement.

À ces mots, la comtesse vit rouge. Elle ordonna :

— Faites quérir le roi ! Immédiatement !
— Mais, madame...
— Faites ce que je dis !

Les dames ne discutèrent pas plus, et, tremblantes, se rendirent chez le roi. Stupéfait, il se rendit à son tour chez la comtesse de Vintimille. Lorsqu'il parvint dans ses appartements, il la trouva furieuse. Elle s'indigna :

— Sire ! On me dit que vous avez fait enfermer Thibalt de Montfort. Est-ce vrai ?
— C'est exact, je n'ai pas eu le choix, vous comprenez... murmura le roi, mal à l'aise.
— Non, je ne comprends pas ! Tempêta la comtesse. Vous faites venir cette jeune personne alors que je suis sur le point d'accoucher ! À cause de vous, je perds mon amie la plus précieuse et son protecteur est enfermé. Avez-vous perdu la raison ?

Il fallait être la comtesse de Vintimille pour parler ainsi au souverain. Heureusement, le roi tolérait beaucoup de la part de sa jeune maîtresse, car il aimait son franc-parler et son esprit. C'était pour tout cela qu'il l'avait choisie. Aussi, les amants s'affrontèrent du regard et la comtesse ajouta fermement :

— Sire ! Thaïs de Chancy est introuvable ! Je ne peux me résoudre à la perdre.
— Comment ça, introuvable ? S'étonna le roi.
— Elle s'est volatilisée ! Insista la comtesse. Mes dames de compagnie sont allées la chercher pour que je lui présente mon fils. Mais elle a disparu ! Je

tiens à lui présenter mon fils, Sire ! Il faut libérer Thibalt de Montfort. Lui seul pourra la retrouver.

Le roi écouta la comtesse, les sourcils froncés. Assujetti à sa maîtresse, il voulait son bien-être. Cela faisait trois jours que Thibalt de Montfort était enfermé à la Bastille. Il était peut-être temps de le libérer afin qu'il retrouve Thaïs de Chancy.

— Très bien, madame ! Je le fais libérer ! Vous régnez sur mon cœur et je ne veux que votre bien. Nous allons retrouver votre compagne.
— Merci, Sire ! Je m'en voudrais s'il lui était arrivé quelque chose.

À la Bastille, Thibalt de Montfort réfléchissait. Dans sa cellule, il n'avait rien d'autre à faire que cela. Il avait ôté sa veste noire aux boutons dorés. Ne lui restait qu'une chemise à jabot blanche qui laissait entrevoir sa poitrine, un pantalon noir et des bottes de la même couleur. Il ne pouvait penser à nulle autre qu'Azélie d'Aulrac et à cette voix qui était sortie de la bouche de Thaïs. C'était une voix jeune et féminine, mais ça n'était pas la sienne. Thibalt envisageait les causes, et les conséquences qui en découleraient. Il avait déjà établi que Thaïs possédait de nouvelles capacités, dont elle-même ne connaissait pas encore les limites. Thibalt en conclut que cette voix ne pouvait appartenir qu'à une personne : Azélie.

En repensant aux idéogrammes chinois, Thibalt s'était aussi convaincu qu'Haimei était forcément responsable de tout cela. Mais ce fichu lien entre Haimei et Azélie d'Aulrac... cela le dépassait ! Il fallait qu'il découvre le maillon qui manquait et une idée fit lentement son chemin. Lorsqu'il sortirait d'ici, il se rendrait chez Li-Fang. Il l'obligerait à parler et si l'herboriste n'obtempérait pas, il le menacerait d'une balle dans la tête. S'il était complice, et il espérait que non, c'était tout ce que le vieil homme méritait pour lui avoir caché jusqu'à quel point l'esprit d'Haimei était altéré.

Thibalt était tellement absorbé par ses réflexions qu'il ne vit pas que des gardes étaient entrés dans le couloir de sa cellule et discutaient à voix basse. Il s'extirpa péniblement de ses pensées et porta son regard sur eux. Les gardes ouvrirent la cellule et déclarèrent :

— Tu es libre, Montfort ! Le roi t'attend à Versailles.

Thibalt haussa un sourcil, se passa la main dans les cheveux et sortit, suivant les gardes. Il les interrogea :

— Que s'est-il passé ?
— La comtesse de Chancy a disparu.

À ces simples mots, Thibalt serra les poings. Une atmosphère pesante s'ajouta à celle déjà noire de la Bastille. Il allait faire parler Li-Fang. Il le fallait. Lorsqu'il arriva à Versailles, il fut conduit dans les appartements de la comtesse de Vintimille, qui s'agitait au fond de ses oreillers, le roi à ses côtés. Thibalt fut saisi par le tableau qui se dressait devant lui. La comtesse se tenait sur ses oreillers, pâle et fébrile, tandis que le roi la soutenait, entouré par ses gardes. Elle reprit un peu de couleur.

— Thibalt ! Vous devez retrouver Thaïs ! Enjoignit la comtesse d'une voix agitée. Elle a disparu !
— Nous vous avons enfermé depuis trop longtemps, Thibalt de Montfort. Nous vous prions de retrouver notre petite comtesse de Chancy, qui manque à notre chère amie, madame la comtesse de Vintimille.
— Je n'y manquerai pas, Sire. Mais j'ai besoin d'une escorte, je dois me rendre dans Paris et je vais sûrement devoir parcourir des kilomètres à cheval pour aller chercher Thaïs, informa Thibalt, l'œil sombre.

Le roi accepta. Il ne pouvait faire autrement, car il voulait plaire à sa maîtresse. Une escorte de deux hommes du régiment de la Garde des corps, dont la fonction principale était de protéger le roi, fut allouée à Thibalt. Ce dernier leur expliqua ce qu'il souhaitait. Il leur donna une heure de rendez-vous, car il voulait se changer et prendre ses pistolets favoris.

Le vicomte de Montfort espérait ne pas avoir à tuer, mais il devait parer à toute éventualité. Une fois qu'il boucla sa ceinture, où se trouvaient ses armes, il posa un tricorne noir sur sa tête. Il mangea sur le pouce et enfourcha son grand destrier pour rejoindre les deux arquebusiers de la Garde des corps.

Thibalt quitta la cour de Versailles en trombe, suivi des deux arquebusiers. Tous trois rejoignirent la boutique de Li-Fang. Thibalt descendit de son cheval et dégaina son pistolet. Se composant une attitude menaçante et froide, il ouvrit la porte et pointa son arme sur le vieil herboriste, qui, comme à son habitude, se tenait derrière son comptoir. Li-Fang ne manifesta aucune surprise et posa un regard désabusé sur Thibalt.

— Je m'attendais à vous revoir, mon vieil ami. Allons, baissez votre arme. Vous n'aurez pas besoin de me tuer pour avoir vos renseignements. Je vais tout vous dire.
— Où est Haimei ? Et où est Thaïs ? Quel est le lien entre Azélie d'Aulrac et Haimei ? demanda Thibalt sans perdre de temps.

Il maintenait son pistolet toujours pointé vers Li-Fang. Le vieil homme sembla soulagé de se livrer ainsi :

— Lorsqu'elle accompagna la princesse d'Orléans qui devenait reine en Espagne, Haimei était déjà prise d'une inclination envers cette dernière, qui le lui rendit. Elles eurent une longue relation. Haimei noua aussi une grande amitié avec une autre dame de la cour de Louise-Élisabeth.
— Laquelle ? demanda Thibalt avec une impatience toujours plus grande. Avait-elle à voir avec Azélie d'Aulrac ?
— J'y viens ! répliqua Li-Fang qui, les sourcils froncés, était attentif au pistolet dans la main de

Thibalt. La femme qui se lia d'amitié avec Haimei se nomme Céleste de Saulnes. Originaire de Lozère, elle était l'une des dames d'atours de mademoiselle de Montpensier. Elle détestait sa vie, d'après Haimei qui m'a écrit une lettre à ce sujet. Enceinte d'un marquis d'Aulrac, elle devait rentrer pour l'épouser. Une lettre de cachet aurait été écrite contre le marquis, que le roi aurait envoyé au bagne, s'il n'avait pas accepté ce mariage.

Ainsi, Thibalt comprenait le lien qui unissait Haimei et Azélie, par l'intermédiaire de Céleste, sa mère. Mais qu'avaient-elles concocté comme plan ? Rien n'était encore sûr dans son esprit.

— Où est Haimei ? interrogea froidement Thibalt.
— Je ne sais pas, avoua Li-Fang. Elle était rentrée avec la reine d'Espagne. La dernière fois que je l'ai vue, elle partait rejoindre Céleste d'Aulrac en Lozère.

Fou de rage que Li-Fang soit impliqué dans les agissements d'Haimei et le possible enlèvement de Thaïs, Thibalt tira un coup de pistolet et la balle transperça le mur à quelques centimètres de la tête de l'herboriste. Menaçant, Thibalt déclara :

— S'il arrive quoi que ce soit à Thaïs, vous me reverrez, et ces messieurs avec moi !

Thibalt montra à Li-Fang les deux membres de la Garde des corps, qui attendaient à l'extérieur.

Céleste de Saulnes constituait la clé du mystère. Le vicomte de Montfort devrait se rendre en Lozère. Il en demanderait au roi la permission, afin de confondre cette maudite marquise. Thibalt rentra donc précipitamment à Versailles et sauta à bas de son cheval. Suivi des deux arquebusiers, il fonça vers le salon d'Hercule, où le roi tenait son état-major. Le porte-arquebusier du roi, son lieutenant des chasses, le fit entrer. Le maître des lieux fut surpris de l'apparence échevelée du vicomte et le lui fit remarquer. Thibalt s'excusa, puis commença :

— Sire, une jeune personne originaire de Chine, ancienne compagne de Louise-Élisabeth d'Orléans, se cache derrière Azélie d'Aulrac. Thaïs avait raison de se méfier de cette jeune femme depuis le départ. On ne sait pas encore quel est le degré d'implication d'Azélie dans cette affaire, mais je demande à Votre Majesté la permission de me rendre près de Langogne, là où habite la marquise d'Aulrac. Je me dois de l'interroger. C'est le seul moyen que j'ai en ma possession pour retrouver Thaïs de Chancy.
— Vous allez vous arrêter aux relais de poste indiqués par mon lieutenant des chasses. Ainsi, je pense qu'en cinq jours, vous serez arrivé. Je vous prépare un sauf-conduit et vous prendrez mes deux arquebusiers avec vous, énonça le roi.

Thibalt mit un genou à terre pour effectuer les salutations attendues. Il se releva et partit aussitôt en compagnie des arquebusiers. Le voyage jusqu'en terre de

Lozère risquait d'être long et il ne souhaitait pas faire attendre la jeune personne aux yeux myosotis.

Chapitre 14

Lorsque Thaïs se réveilla le soir suivant l'arrivée d'Azélie d'Aulrac à Versailles, elle constata qu'elle n'était pas dans ses appartements, mais dans une pièce sombre, avec seulement une à deux chandelles qui éclairaient le lieu, ce qui lui conférait un côté lugubre. La jeune médium s'aperçut qu'elle était attachée sur un lit avec des sangles tellement serrées que du sang apparaissait à ses poignets. Thaïs laissa échapper un gémissement et tenta de se relever, mais elle ne le pouvait pas. Aussi voulut-elle se calmer, afin d'identifier l'endroit où elle se trouvait. Elle était à Versailles, c'était certain. Elle se demanda qui pouvait être assez fou pour l'avoir enlevée. Ce fut alors qu'une porte s'ouvrit et qu'une personne précautionneusement enveloppée d'une cape entra dans la pièce. Thaïs leva un peu la tête pour distinguer la silhouette qui lui faisait face et qui enlevait sa cape. Thaïs poussa un cri. Devant elle se tenait Azélie d'Aulrac. En y regardant bien, elle pensa que la jeune femme ne ressemblait plus vraiment à l'Azélie qu'elle avait vue la veille. D'ailleurs, elle n'était pas seule. Une autre femme fit son apparition et vint se placer face à Thaïs. Cette femme était d'autant plus remarquable qu'elle était asiatique. Thaïs tâchait de garder son calme. Elle nota que la femme lui avait apporté un plat qu'elle lui tendit.

— Mange, sorcière ! Tu vas en avoir besoin pour ce qui t'attend. Je n'ai pas l'intention que tu meures tout de suite entre mes pattes.
— Qu'allez-vous me faire ?
— Te faire souffrir, bien sûr, s'amusa Haimei.

Observant le visage pâle de terreur de Thaïs, elle se mit à rire. Elle reprit :

— Tu aurais dû tourner ta langue dans ta bouche, avant de parler à mademoiselle d'Aulrac, ici présente. Sais-tu ce que tu as fait ?
— Dites-le-moi, s'enquit Thaïs, sur un ton effrayé.
— Tu m'as obligée à retarder mon plan pour éliminer cette affreuse comtesse de Vintimille et atteindre le roi par la même occasion. Je te le dis sincèrement, parce que personne ne te retrouvera jamais. Sais-tu pourquoi ? Parce que ton cher Thibalt de Montfort a été enfermé à la Bastille. Le roi l'a écroué parce qu'il n'a pas su te contrôler.
— Oh non... ne put que murmurer Thaïs. Thibalt ! Je ne voulais pas...
— Bien sûr que tu ne voulais pas, mais tu l'as cherché ! constata Haimei. Il fallait donc que j'intervienne pour ne pas te laisser détruire tout ce que j'ai accompli pour venger ma Louise.
— Je ne savais même pas que vous étiez derrière Azélie d'Aulrac ! Expliqua faiblement Thaïs.
— Tu allais le découvrir, marmonna Haimei. Tu as deviné je ne sais quoi, le soir où Azélie est arrivée. Je ne peux décemment pas te laisser vivre.
— Mais...

— Regarde bien, Thaïs. Ouvre grand les yeux, car tu vas voir ce que j'ai pu entreprendre.

Azélie s'approcha, Haimei lui faisant signe. Attachée sur son lit, Thaïs se démena pour tâcher de comprendre ce que cette femme mystérieuse voulait dire. Azélie ôta donc sa robe. Avec horreur, Thaïs découvrit « l'œuvre » d'Haimei. Elle vomit. Comme elle était allongée, la substance se répandit sur elle, s'ajoutant au sang qui se trouvait sur son corps. Elle avait la nausée à cette vue. Haimei avait fait d'Azélie un pantin sans vie. Tout son corps était cousu, des marques de fil affreuses ornaient ses bras et son ventre, ses jambes. Seul son visage en était exempt et n'avait pas été altéré. Haimei déclara :

— Si vous vous demandez comment j'ai fait, il s'agit d'une vieille pratique de taxidermie, que j'ai trouvée sur un rouleau de parchemin dans l'herboristerie d'un ami. En Chine, notre empire est millénaire et nous avons hérité de techniques ancestrales.

— Mais pourquoi la comtesse de Vintimille ? Insista Thaïs.

— La marquise de Prie est intervenue pour faire annuler le mariage de Louis XV avec Marie-Anne d'Espagne. Ma pauvre Louise-Élisabeth, en réponse, a perdu son titre de reine. Son mariage a été interrompu par la mort du jeune roi Louis Ier d'Espagne, et elle est rentrée en France, déshonorée et oubliée de tous.

— Quel rôle joue mademoiselle d'Aulrac dans tout cela ? S'enquit Thaïs.
— Oh, elle est mon bras armé. C'est par elle que j'atteindrai votre chère protectrice qui doit déjà s'inquiéter et vous chercher. La malheureuse ne vous trouvera pas.
— Mais, je...
— Quoi ? Que ne comprenez-vous pas ? demanda Haimei, pleine de morgue.
— Pourquoi est-elle...
— Ainsi ? Une marionnette entre mes mains ? Acheva Haimei à la place de Thaïs.
— Oui, c'est bien le mot, murmura la médium.
— Sa mère l'a tuée, asséna froidement Haimei. Elle a fermé les yeux et a sombré dans le déni. Je lui ai proposé de la débarrasser de ce fardeau.
— Alors, elle était morte... c'était donc cela...
— Que voulez-vous dire par là ? interrogea Haimei.
— C'était sa voix qui s'est fait entendre par ma bouche, l'autre soir. Depuis l'autre monde, elle voulait nous prévenir, constata Thaïs.

Elle s'affaiblissait et se sentait nauséeuse par la simple présence d'Azélie. Cela ne gêna en rien Haimei qui affichait un sourire éclatant.

— Bien, il faut que je fasse diversion en montrant Azélie au roi pour faire oublier votre disparition. D'ici deux jours, on vous aura complètement oubliée, et je pourrai procéder à mes expérimentations. En attendant, quelqu'un de confiance viendra s'occuper de vous pour vous nettoyer et vous nourrir. Sachez qu'elle est incorruptible et que vous ne pourrez vous échapper.

Azélie d'Aulrac se rhabilla et suivit Haimei qui quitta la chambre, laissant Thaïs, abattue. Restée seule, la jeune femme se mit à pleurer sans bruit. Elle espérait que Thibalt trouverait le moyen de se libérer et de venir la secourir. Elle ferma les yeux pour tenter de reprendre des forces.

Thibalt arrivait en Lozère après avoir crevé trois chevaux de poste en compagnie des deux arquebusiers que lui avait prêtés le roi. Il n'avait que très peu dormi et s'était peu restauré. Les gardes n'avaient que peu émis de protestations concernant le rythme qu'ils tenaient. Ils savaient qu'une vie était en jeu. Le combattant, un soir de printemps, fut saisi par l'allure sinistre du château. Même la nature qui renaissait ne parvenait pas à donner une atmosphère agréable à l'endroit. Monfort commença sa pénible ascension vers la demeure dont l'accès était très abrupt. Un pont de pierre menaçant de s'effondrer était le seul moyen d'y parvenir et le duelliste se tournant vers les deux hommes leur dit :

— Messieurs, je ne sais ce qui nous attend à partir de maintenant. Il nous faudra nous garder !

Les deux hommes approuvèrent et commencèrent à gravir le pont, arquebuses aux poings. Tout à leur ascension vers un château encore plus massif que le manoir du père de Thaïs et en meilleur état, les hommes ne s'aperçurent pas que les portes principales du lieu maudit s'entrouvraient. D'énormes bêtes apparurent. Thibalt reconnut de terribles loups.

— Messieurs ! À vos armes ! Nos vies sont en jeu.

Les arquebusiers n'utilisèrent pas leurs armes principales contre les loups. Ils avaient des fusils en cas d'urgence. Très calmement, ils se signèrent et mirent les bêtes en joue. Au milieu d'eux, Thibalt, avec son pistolet, incarnait une autorité et un sang-froid sans faille. Il ferma les yeux et les arquebusiers auraient pu jurer qu'il avait prononcé le prénom de Thaïs. Les loups arrivèrent sur eux. Ils étaient cinq, énormes, assoiffés de sang. Les bêtes se précipitaient vers les hommes et Thibalt tira sans sommation. Son arme redoutable tua l'un des loups sur le coup, puis un deuxième. Les trois hommes furent ensuite assaillis par les trois autres bêtes. Thibalt fut projeté au sol et faillit vomir en raison de l'odeur fétide s'échappant de la gueule de l'animal qui l'attaquait. Il empêcha le loup de lui écorcher le visage et pointa son arme sur sa tête, il lui restait quelques balles qu'il utilisa à bon escient. Il tira dans la tête du loup qui poussa un jappement déchirant avant de s'effondrer sur l'assaillant. Couvert du sang de l'animal, Thibalt se releva aussitôt et se tourna pour observer ses deux auxiliaires. Tous deux se battaient encore. L'un des hommes trancha la gorge d'un loup et l'autre planta son couteau dans la tête du dernier. Débarrassé des animaux, Thibalt constata que l'un des arquebusiers avait la jambe presque déchiquetée. Il posa sa main sur l'épaule de l'homme et dit à l'autre de rester auprès de son ami. Il allait entrer dans le château. À son arrivée au dernier relais de poste, on lui avait assuré qu'il n'y avait pas d'armes dans le château de la marquise d'Aulrac.

Le fait qu'il y ait eu des loups l'interpellait. Se pourrait-il que la marquise ait des partisans ? Lorsqu'il entra dans le château, des flambeaux suspendus aux murs tamisaient la lumière de l'endroit. Un sentiment de malaise envahit le duelliste alors qu'il avançait dans le couloir principal. Des formes sculptées dans les murs de pierre représentaient des gargouilles aux dents acérées. Thibalt n'avait pas l'habitude de voir cela dans les vieilles constructions. Il ne croisa personne et se détendit quelque peu. Il semblait que la marquise n'avait eu comme défenseurs que les loups qui les avaient attaqués, lui et les arquebusiers. Qui donc était aux commandes de ces loups ? Une jeune fille apparut, vêtue telle une bohémienne, alors que l'homme entrait dans ce qui semblait être un immense salon. Elle montra une animosité sans égale envers Thibalt, qui fut surpris de trouver un tel sentiment chez une jeune personne ayant la vie devant elle. La jeune fille rappela :

— Vous avez tué mes amis, monsieur.
— Vos amis allaient nous dévorer, mes hommes et moi, répliqua Thibalt sur le même ton.
— Ils défendaient simplement un lieu où vous n'êtes pas le bienvenu.
— Savez-vous qui je suis ?
— Bien sûr, monsieur de Montfort. Haimei nous a prévenues que vous viendriez et que nous devions vous empêcher de vous en retourner à Versailles.
— J'ai à présent la confirmation qu'elle est bien à l'origine de tout cela, maugréa Thibalt.

Il se tut un bref instant, puis pointa son arme en direction de la tête de la jeune fille. Il clama :

— Soit vous allez chercher la marquise d'Aulrac, soit je vous fais sauter la cervelle.

La jeune fille ne répondit rien, se contentant de sourire méchamment à son adversaire, puis déclara :

— Je vais chercher la marquise.

Elle s'en alla, laissant seul Thibalt qui observa le décor. Il constata que tout était passé, mais encore de bonne facture. Il comprit que la marquise était au bord de la ruine et qu'elle subsistait. Céleste d'Aulrac fit son entrée. Thibalt pointa une nouvelle fois son arme en direction de la tête de la marquise. Le visage émacié, les yeux cernés, elle somma calmement :

— Gardez vos munitions pour votre vraie adversaire, Thibalt de Montfort. Ma fille adoptive ici présente et moi-même allons mourir. Nous avons pris du poison quand nous avons su que vous arriviez.
— Qui vous a prévenues ? S'étonna Thibalt.
— Nous avons des partisans aux relais des postes. Ils ont dépêché un coursier qui est reparti, aussitôt sa mission accomplie. Maintenant, vous ne devriez plus perdre de temps pour rentrer, suggéra la marquise.
— Pourquoi cela ?

— Mademoiselle de Chancy n'a jamais quitté Versailles. On vous a trompé. Li-Fang était chargé de vous envoyer ici afin de gagner du temps.
— Li-Fang est complice ! s'écria Thibalt, empli de colère d'avoir été joué.
— Bien sûr ! répondit la marquise. Il l'est depuis le début.
— Quel est votre rôle ?
— J'ai tué ma fille Azélie lors d'un accès de rage. Je ne l'aimais pas, raconta la marquise. Haimei m'a aussitôt enjoint de ne prévenir personne et de continuer à vanter sa beauté, afin que le roi désire la rencontrer. Haimei a appliqué ses techniques de taxidermie pour ramener Haimei à la vie, le temps qu'elle accomplisse sa sinistre mission : assassiner la comtesse de Vintimille. Vous en comprendrez très vite la raison.

La marquise s'effondra, prise d'une violente quinte de toux. Du sang lui sortit de la bouche. Thibalt se précipita vers elle et la releva. Il comprit que la jeune fille était morte, et que la marquise était sur le point de mourir elle aussi. Il était tombé dans un guet-apens et se promit de faire payer sa trahison à Li-Fang. La marquise avait encore un peu de vie en elle, et s'agrippa au bras de Thibalt :

— Thaïs se trouve chez la baronne de Chastelbrac, à Versailles. C'est notre complice, à Haimei et moi. La fille de la baronne parle par la bouche d'Azélie.
— Je vous remercie, madame, de vous être montrée coopérative, murmura Thibalt pendant que la

marquise d'Aulrac rendait son dernier souffle dans ses bras. Il jura alors l'avoir entendue prononcer le prénom « Azélie ».

Il n'avait pas de temps à perdre. Il devait rentrer. Il ne voulait pas laisser Haimei prendre la vie de Thaïs. Elle avait refaçonné le corps d'Azélie pour en faire une marionnette, mais il ne devait pas la laisser gagner. Il sortit en trombe du château et reprit son cheval. Il donna l'ordre aux deux arquebusiers d'écrire une dépêche au roi pour le prévenir, et de rester se soigner à Langogne. Lui allait refaire le trajet à la hâte, ne prenant pas le temps de se rétablir.

Thibalt tua un cheval qu'il poussa à bout de souffle pour le voyage de retour. C'était une mort innocente qu'il mettrait sur le compte d'Haimei et Li-Fang. Il mit trois jours pour rentrer de Lozère, ne prenant le temps que d'uriner et se débarbouiller le visage. Lorsqu'il parvint à Versailles, il arriva tel un cavalier de la Mort, affolant la Garde des corps qui effectuait sa ronde. Sautant à bas de sa monture, elle chuta dans un grand vacarme. Les larmes aux yeux, Thibalt flatta son encolure et avisa le lieutenant de la Garde, monsieur de Sourdeval. Il le prit aux épaules, le regard fou et lui enjoignit :

— Nous devons absolument nous rendre chez la baronne de Chastelbrac ! Elle détient Thaïs de Chancy et est complice de cet enlèvement.

Aussitôt, le lieutenant de la Garde fit signe à cinq hommes de le suivre. Arrivés au pas de charge devant les appartements de la baronne, les gardes défoncèrent la porte. Le lieutenant tira un coup de feu qui fit éclater l'une des fenêtres et ordonna d'une voix de stentor :

— Que madame la baronne de Chastelbrac et sa fille se montrent !

Les deux femmes apparurent et lorsque la baronne reconnut Thibalt de Montfort, elle cracha :

— Sois maudit, Montfort ! Ta jeune putain et toi, soyez maudits !

Le lieutenant gifla la baronne, qui tomba. Sa fille, pleurant, releva sa mère. Toutes les deux furent aussitôt emmenées par la Garde. Le lieutenant ordonna à ses hommes :

— Fouillez tout ! Soyez sans pitié !

Les hommes s'exécutèrent et l'un d'eux trouva derrière la porte de chambre de la fille de la baronne, une porte fermée à double tour. Lorsqu'il défonça la porte, il fut saisi par le spectacle qui se trouvait devant lui et hurla :

— Lieutenant ! Monsieur de Montfort !

Un rire hystérique fusa de la pièce. Thibalt et le lieutenant entrèrent. La scène d'horreur qui se jouait sous les yeux de Thibalt lui vrilla le cœur. Thaïs était assise sur une chaise, la tête affaissée sur la poitrine, du sang coulait de ses tempes, formant une mare sous sa chaise. Une couronne d'épines de fer lui entravait le corps, des épines s'enfonçaient dans sa chair blanche. Derrière elle, Haimei serrait la couronne de fer en riant. Elle resserrait et resserrait encore.

Les hommes poussèrent une exclamation horrifiée lorsque, mieux éclairés par des flambeaux, ils constatèrent qu'Azélie se tenait sans vie derrière Haimei, le corps recousu, la plus grosse couture ayant été effectuée au cou, afin que la tête restât fixe. Haimei sourit :

— Mademoiselle de Chancy, saluez donc nos invités.

Thaïs remua la tête et ouvrit grand ses yeux myosotis. Thibalt ferma les siens, de soulagement. Il avait eu peur qu'Haimei n'eût énucléé Thaïs. Cette dernière montra un air si serein et heureux que Thibalt en fut ému.

— Cela suffit, Haimei ! Rends-toi, ordonna le duelliste.
— Jamais ! Trancha celle-ci, vindicative.
— La marquise d'Aulrac a tout avoué avant de mourir. Tu es perdue ! Rends-toi.
— Plutôt mourir.

Haimei joignit le geste à la parole en buvant une fiole de poison qui pendait à son cou. Avant de mourir, elle déclama :

— J'arrive, ma Louise…

Thibalt se précipita vers Thaïs et la libéra de ses liens. Les gardes savaient bien que le duelliste était fou de douleur de constater l'état dans lequel se trouvait la jeune médium, favorite du roi.

Chapitre 15

Toute la machination ourdie par Haimei et Li-Fang fut révélée au grand jour. Le vieil herboriste fut arrêté et conduit devant le roi, qui se montra magnanime à son égard. Il l'invita à rentrer en Chine, sous peine d'être déporté au bagne de Cayenne.

La comtesse de Vintimille pleura en constatant l'état dans lequel se trouvait sa jeune amie. Elle la soigna avec plus de dévouement qu'elle n'en avait pour son tout jeune fils. Les jours furent sombres à Versailles, jusqu'à ce que Thaïs reprît contenance. Un matin, ses lèvres remuèrent et la maîtresse royale se pencha pour l'écouter :

— Thibalt... où est Thibalt ?

La comtesse, émue, le fit aussitôt quérir. Celui tant attendu s'assit auprès du lit de Thaïs et lui prit la main. Il murmura :

— Décidément, vous vous mettez dans des situations impossibles. Il vous faut quelqu'un pour veiller sur vous.
— C'est oui... répondit Thaïs, doucement.
— Vous ne savez même pas ce que j'allais vous demander !
— Avez-vous oublié ce que je suis ? Sourit Thaïs.

Elle porta sa main à la joue de son bien-aimé, qui répondit :

— Vous étiez vraiment la seule à pouvoir m'amener à cela.

Thaïs se mit à rire doucement, et reposa sa tête sur ses oreillers, épuisée. Le souverain entra dans la pièce et prit conscience que le lien qui unissait Thibalt à la jeune fille avait changé de nature. Il fut secrètement heureux de penser qu'il ne serait plus confronté à des relations diplomatiques impossibles, par la faute de Thibalt de Montfort. Aussi, le roi déclara, alors qu'une dame de compagnie de la comtesse relevait Thaïs :

— Thaïs de Chancy, Thibalt de Montfort, nous vous exilons de Versailles. Vous nous avez causé beaucoup de chagrin et beaucoup d'inquiétudes. Cependant, vous nous avez sauvés. Je déclare donc que je doterai Thaïs et vous donnerai le château de la marquise d'Aulrac à Langogne, que vous aurez la charge de remettre en état.

Thibalt se leva pour protester, mais Thaïs agrippa son bras et le contempla en silence. Le duelliste comprit alors que c'était ce que la jeune fille souhaitait.

— Je me range à votre avis, Sire, mais je voudrais vous demander la permission d'épouser mademoiselle de Chancy.

— Permission accordée ! Je vais écrire à monsieur le comte de Chancy pour le prévenir que nous souhaitons ce mariage.
— Merci, Sire, murmura Thaïs.

La jeune fille, blessée dans ses chairs, mit du temps à se remettre. La comtesse de Vintimille la soigna avec toute la patience du monde et se montra heureuse de ce mariage avec le duelliste. Elle tint à faire des vêtements pour Thaïs qui lui en fut reconnaissante.

Vint le jour où Thaïs et Thibalt se mirent en route pour la Lozère. Les deux jeunes gens se rendaient chez Étienne de Chancy et allaient célébrer le mariage à Sainte-Enimie.

Alors qu'ils arrivaient près du manoir délabré du comte de Chancy, Thibalt et Thaïs franchirent un nouveau cap de leurs relations. Ils se tenaient un soir devant un feu, dans une auberge près de Clermont-Ferrand. L'Auvergne n'avait jamais paru si froide à Thaïs qui se reposait devant l'âtre, pensive. Thibalt, assis près d'elle, lisait un journal et semblait, lui aussi, perdu dans ses pensées. Les clients parlaient fort et gaiement et les jeunes voyageurs pouvaient discuter tout à loisir. Thaïs finit par poser sa main sur celle de Thibalt. Elle lui demanda alors :

— Vous rappelez-vous le jour où nous nous sommes trouvés dans cette cabane abandonnée ?

Thibalt fut extrêmement surpris de cette question. Mais il la contempla assez longtemps pour susciter la curiosité de Thaïs :

— Bien sûr, je m'en rappelle. Et je me rappelle aussi ce que j'ai éprouvé en vous donnant ces baisers.

— Je ne vous ai jamais autant aimé que ce jour-là, avoua Thaïs, rougissante, contemplant Thibalt. Oh…Je ne voulais pas dire que je vous aime moins, c'est juste que ce jour-là, je savais que j'étais prête à donner ma vie pour vous. C'était une évidence. Pour moi, vous êtes le commencement, le centre et la fin de mon monde. Je l'ai su ce jour-là.

Thibalt contempla Thaïs avec attention. Il était encore peu à son aise pour dévoiler ses sentiments, mais il lui prit la main et l'embrassa passionnément. Puis, il retourna la paume de Thaïs et la posa sur sa joue.

— Mon amour…se contenta-t-il de dire.

Et pour Thaïs, cela valait toutes les déclarations du monde. Elle posa la tête contre l'épaule de Thibalt en contemplant le feu et lui murmura :

— Je ne voudrais pas dormir seule, cette nuit. Je vais me transformer en pierre si je dois attendre notre mariage.

Thibalt passa un doigt sur la joue de Thaïs et lui releva le visage.

— C'est vraiment ce que vous souhaitez ? Insista-t-il.

— Vous me le demandez encore ? S'étonna Thaïs.

Les deux jeunes gens se retirèrent dans la chambre de Thibalt. Celui-ci se délesta rapidement de son costume et se dénuda face à Thaïs qui admira son corps nerveux, longiligne et sec. Elle s'avança vers lui et il baissa son visage vers elle. Il fut surpris de se trouver nerveux, lui qui avait troussé beaucoup trop de jeunes épouses esseulées et de femmes ordinaires. Mais celle qui se trouvait devant lui représentait tout ce que la comtesse de Vintimille lui avait décrit un soir. Elle était « l'Amour ». Alors, il était quelque peu nerveux. Thaïs se rapprocha de lui et posa ses mains sur son torse. Doucement, lentement, elle en traça les contours. Thibalt émit des gémissements pendant tout le temps que dura cette exploration. Puis, Thaïs ôta ses vêtements un par un et finit par être en tenue d'Ève à son tour. Thibalt, avec un sourire malicieux, posa ses mains sur ses fesses rebondies et la serra contre lui. Thaïs sentit alors son membre contre elle prendre vie. Elle gémit et ses yeux supplièrent le duelliste. Ils basculèrent tous deux sur le lit, Thaïs sur le dos et Thibalt sur elle. Elle l'admira et embrassa chaque partie de son corps qu'elle put atteindre. Alors que le duelliste entrait en elle, elle ressentit une vive douleur et s'accrocha à lui. Mais cela passa et elle gémit :

— Oh, Thibalt ! Si tu savais, toutes ces nuits à languir de toi…Oh, je ne pensais à rien d'autre.

Thibalt avait posé sa tête dans le creux du cou de Thaïs et pesait de tout son poids sur elle. Il la besognait avec une ardeur toujours renouvelée et fut surpris par cette déclaration :

— Tu m'as toujours aimé ? Même quand je te méprisais au commencement ?

Il disait cela et poussait si fort dans le corps de Thaïs. Elle gémissait et ne se rappelait plus cette époque passée. Elle souhaitait qu'il ne s'arrête jamais et elle lui assura :

— Je savais…Je savais que ce temps se fanerait et que toi et moi, on compterait l'un pour l'autre.

Thibalt sourit. Il avait oublié qu'elle était la plus grande médium du Royaume de France. Il redoubla d'ardeur et poursuivit son exploration de son corps. Il donna du plaisir à la jeune femme en bien des points et lui ne se trouva jamais meilleur amant que ce soir-là, alors qu'ils achevaient leur route vers la Lozère.

Thaïs connaissait enfin le plaisir physique et elle se disait qu'elle était enfin plus haut placée que toutes celles avant elle, qui avaient connu cela dans les bras de Thibalt. Ce dernier s'endormit, les mains caressant les seins de Thaïs, sa tête sur son ventre. Thaïs, elle, caressait doucement les cheveux épais de son amant, bientôt futur époux.

Elle et Thibalt avaient encore un long chemin à faire, afin de se faire totalement confiance, mais Thaïs le savait. Elle avait trouvé l'homme fait pour elle. Elle l'aimait tellement qu'elle arriverait à ce qu'il reste toujours auprès d'elle, lui, le duelliste insaisissable. Elle le sentait. La mission de Thibalt sur terre, c'était de la protéger, afin qu'elle puisse accomplir ses œuvres pour protéger ses contemporains.

Cette nuit-là, ils ne dormirent presque pas. Thibalt se réveilla pour s'adonner à nouveau aux plaisirs de la chair et honorer Thaïs. Ils vécurent une nuit d'ébats passionnés, pendant laquelle Aphrodite semblait ne jamais devoir arrêter sa bénédiction sur eux. Ils firent l'amour quatre fois, quatre fois pendant lesquelles Thibalt jouissait et se reposait contre Thaïs, en riant. Ils s'amusaient pendant leurs ébats et Thaïs adorait l'odeur de la peau de son duelliste. Lui adorait le corps plantureux de Thaïs et se retrouva à califourchon sur elle, qui était couchée sur le dos, pour leur dernier ébat, alors qu'il avait empoigné sa chevelure blonde qui luisait doucement à la lueur des bougies. Il jouit une nouvelle fois, tout en caressant sa croupe et s'allongea sur elle, sur le dos, ses mains agrippant ses seins.

Lorsqu'ils se réveillèrent le lendemain, ils ne se cachèrent même pas. Ils avaient tenté pourtant de ne pas faire de bruit. Mais ils ne s'encombrèrent pas de remords le moins du monde, alors que les clients présents les observaient avec réprobation.

Lorsque Thaïs et Thibalt arrivèrent au vieux manoir, le comte attendait les deux jeunes gens. Le roi lut la lettre que lui remit Thibalt. Émilie Damier était, elle, ravie de retrouver Thaïs et la serra dans ses bras.

— Ma chère, tu m'as tant manqué. Tes frères et sœurs seront heureux de vous revoir.

Thaïs tourna la tête pour voir que son aimé avait disparu avec le comte de Chancy. Elle soupira, espérant que son père ne se montrerait pas embarrassant avec Thibalt, étant donné son appétence à juger tous les amis de sa fille. En fait, c'était pour une tout autre affaire que le comte souhaitait s'entretenir avec Thibalt.

— Vous l'aimez vraiment, ma fille ? Vous savez ce qui vous attend si vous décidez de vivre avec elle ?

Étonné par cette question, le futur marié répliqua :

— J'éprouve une affection indéfectible pour votre fille et je lui voue mon existence. Je crois que cela devrait répondre à votre première question. Quant à la seconde, elle est médium, oui. Je sais que je devrai la partager avec l'au-delà. Mais je me suis engagé à veiller sur elle auprès du roi.

Le comte Étienne reprit, après avoir observé le visage du duelliste et ses pistolets à sa ceinture :

— Ici, votre vie sera très différente de ce qu'il se passe à Versailles. Nous sommes des paysans plutôt que des nobles menant grand train. Allez-vous vraiment pouvoir le supporter ?
— Écoutez, monsieur le comte. J'y ai réfléchi. Je sais que ma vie ne sera plus comme avant, mais avant votre fille, je jouais avec le feu, vous comprenez ? Le roi voulait ma tête ! J'ai failli être déporté à Cayenne. Or, grâce à elle, je ne l'ai pas été. Je lui dois plus que ma vie.

Un soulagement évident se peignit sur les traits du comte de Chancy. Il sourit brièvement à son futur gendre.

— Très bien, dans ce cas… vous avez ma bénédiction. Il y a une dernière chose…
— Laquelle ? Se résigna Thibalt, prêt à défendre ses intentions.
— Nous aurons besoin de vos pistolets, ici. Et de votre expertise à manier les armes. Vous n'êtes pas sans savoir qu'en Gévaudan, nous avons souvent affaire aux loups. Si vous pouviez patrouiller avec nous, les marquis d'Apcher seraient heureux de vous compter parmi nous.
— Je n'en serais que réjoui !
— Alors j'en aviserai les marquis, répliqua le père de Thaïs, un sourire satisfait aux lèvres.

Épilogue

1764, comté de Gévaudan.

Cela faisait plus de vingt ans que le duelliste et Thaïs étaient mari et femme. Ils vivaient tous deux au château d'Aulrac. Encore en forme, bien qu'âgé de soixante ans à présent, Thibalt avait tenu à remettre le château en état, et tout le monde dans la ville de Langogne louait sa ténacité. Malgré l'état de délabrement du château aux hautes tours pointues lorsqu'ils en avaient hérité, Thaïs et Thibalt en avaient fait un lieu chargé de fleurs, se mêlant à l'atmosphère champêtre de la ville. Aux frontières ouest de Langogne, le massif de la Margeride se montrait mystérieux et dense, et des plaines se trouvaient aux abords la ville. Le château d'Aulrac se dressait, imposant, à la sortie de la cité. Ses tours saillantes et menaçantes ne manquaient pas de signifier qu'il gardait l'endroit. Bâti de pierres grises, la renommée du château faisait concurrence à celui des marquis d'Apcher, qui avaient commencé à en prendre ombrage.

Thaïs usait de son don de médium dans un noble but. En effet, le comté de Gévaudan subissait régulièrement des attaques de loups. Thaïs recevait donc des messages qu'elle transmettait à son mari. Ce dernier prenait ses pistolets et se rendait à l'endroit indiqué. Il abattait un loup et sauvait une bergère. Thibalt revenait toujours à Thaïs, qui caressait son visage et se pendait à son cou. Thibalt embrassait sa femme et murmurait :

— Tu me protèges chaque fois. Je ne te quitterai jamais.

Léopold, Anne et Isabelle, les trois frères et sœurs de Thaïs, venaient les visiter souvent et s'étaient beaucoup occupés des enfants de la jeune médium et de son amour. Ils en avaient eu cinq, qui devenaient adultes à présent. La jeune femme avait quarante-trois ans et toujours des formes épanouies. Elle avait donné naissance à deux filles et trois fils et aucun d'entre eux n'avait hérité de ses dons, ce qui la soulageait. Sa fille aînée, prénommée Adèle, lui ressemblait trait pour trait. Elle avait un sourire heureux et ne voulait se marier en aucune façon, préférant veiller sur ses parents, qu'elle estimait être souvent en danger. Après Adèle, Thaïs avait eu une autre fille, Morphia, puis trois garçons : Isaac, Quentin et Tancrède. Les Montfort étaient devenus une famille réputée du Gévaudan, avec un père aussi redoutable que protecteur, à l'image du marquis d'Apcher.

Au mois de juin 1764, Thaïs eut à nouveau un message de l'au-delà. Elle se réveilla, ses yeux myosotis devenant blancs, posant sa main sur le bras de Thibalt. Le chevalier savait ce que cela signifiait.

— Thaïs … soupira Thibalt. Calme-toi… je ne comprends pas, tu parles tellement vite…

— Une bête, chuchota-t-elle. La petite est en danger...
— Où ?
— Dans les vallées boisées, là où coule l'Allier...
— Je vais y aller, souffla Thibalt.

Thibalt s'habilla et embrassa sa femme longuement avant de partir. Prenant son fusil, il fit amener son grand cheval noir. Trois paysans avaient été réveillés et l'accompagnèrent. Thaïs le regarda par la fenêtre. Son visage se tordait de terreur en voyant partir son mari affronter le danger, mais au fond d'elle-même, elle ressentait une puissante certitude : Thibalt reviendrait. Il avait en effet un rôle à jouer dans la capture et la mise à mort de la bête, mais son heure n'était pas encore venue.

Du même auteur :

Le Baptême de Sang
Le Célèbre Illusionniste
Une enquête pour Héloïse